有把大锁，锁和门都生锈了，围墙上也起了青苔，可见已
进去过了。
城里到处高楼林立，地贵如金，怎么会有一块地闲在这

能里面是军事重地。
，围墙塌了一个缺口。阿军和阿兰从缺口望进去，
足有 20 亩宽，地上除了野草什么也没有。原来这
阿军和阿兰啧啧称奇。可荒地怎么会有围墙呢？
该有主人。阿军和阿兰天天关注围墙的缺口，心
来修围墙时，一定问问他，为什么把这么好的
。可是，一直等到里面的野草长到缺口外面来
修围墙。
："怎么没有人来理这块地呢？"
脆我们在里面种玉米吧。"
又不是我们的地，万一地的主人来看见怎

玉米总比长野草好。主人看见我们帮他
还要感谢我们呢。
子，那就种吧。

来镰刀和锄
回家，叫父
的玉米种
也们就从
进去。
锄着
"快
一

微阿侠
1+1工程

1+1
GONG
CHENG
第一辑

城市里的
玉米地

杨汉光

百花洲文艺出版社
BAIHUAZHOU LITERATURE AND ART PRESS

图书在版编目(CIP)数据

城市里的玉米地／杨汉光著.—南昌:百花洲文
艺出版社,2013.5(2018.12重印)
(微阅读1+1工程)
ISBN 978-7-5500-0628-7

Ⅰ.①城… Ⅱ.①杨… Ⅲ.①小小说—小说集—中国
—当代 Ⅳ.①I247.8

中国版本图书馆CIP数据核字(2013)第099458号

城市里的玉米地

杨汉光 著

出 版 人:姚雪雪
组稿编辑:陈永林
责任编辑:赵 霞 龚晴瑜
出 版:百花洲文艺出版社
发行单位:全国新华书店
印 刷:北京柯蓝博泰印务有限公司
开 本:700mm×960mm 1/16
印 张:12
版 次:2013年8月第1版
印 次:2018年12月第3次印刷
字 数:122千字
书 号:ISBN 978-7-5500-0628-7
定 价:29.80元

赣版权登字:05-2013-223

网址:http://www.bhzwy.com
图书若有印装错误,影响阅读,可向承印厂联系调换。

前　言

　　以"极短的篇幅包容极大的思想"，才能够以小胜大，经过读者的阅读，碰撞出思想的火花，震撼人的心灵。正因为这样，微型小说成为一种充满了幽默智慧、充满了空灵巧妙的独特文体。

　　如果说在二十一世纪的头一个十年，是互联网大大改变了我们的生活，那么在我们正在经历的第二个十年里，手机将更为巨大地改变我们的生活。如今，以智能手机为平台，正在构成一个巨大的阅读平台。一种新的阅读方式正不知不觉地走进大众的生活。一个新的名词就此产生，它便是"微阅读"。微阅读，是一种借短消息、网络和短文体生存的阅读方式。微阅读是阅读领域的快餐，口袋书、手机报、微博，都代表微阅读。等车时，习惯拿出手机看新闻；走路时，喜欢戴上耳机"听"小说；陪人逛街，看电子书打发等待的时间。如果有这些行为，那说明你已在不知不觉中成为"微阅读"的忠实执行者了。让我们对微型小说前景充满信心和期待的是，微型小说在微阅读的浪潮中担当着极为重要的"源头活水"。

　　肩负着繁荣中国微型小说创作、促进这一文体进一步健康发展的责任和使命，微型小说选刊杂志社推出了"微阅读1＋1工程"系列丛书。这套书由一百个当代中国微型小说作家的个人自选集组成，是微型小说选刊杂志社的一项以"打造文体，推出作家，奉献精品"为目的的微型小说重点工程。相信这套书的出版，对于促进微型小说文体的进一步推广和传播，对于激励微型小说作家的创作热情，对于微型小说这一文体与新媒体的进一步结合，将有着极为重要的作用和意义。

编者

2014 年 9 月

目　录

桥墩鬼

每逢村里有人娶媳妇，奶奶就要躲开，在野外过一夜，第二天才回来。有一次，夜里下大雨，奶奶被淋得像个落汤鸡。我拉住奶奶的手，难过地说："奶奶，全村人都高高兴兴的，为什么你要一个人独自躲开？"

奶奶长叹说："唉！——奶奶是个桥墩鬼，不吉利。"

我不解地问："什么是桥墩鬼？"

奶奶望着远处的大江，给我讲起一件令人伤心的往事。

很多年前，村里人在江上架桥，不知道为什么，江中央那个桥墩屡砌屡塌。大家无计可施，就去问一个远近闻名的神汉。神汉说，是江中的水鬼作怪，把一个女孩砌到桥墩里去就没事了。村里人就用五斗米，从一个逃荒人的手上买来一个衣不蔽体的小女孩，让她穿上漂亮的衣服，又饱餐一顿，然后活活砌到桥墩里。

女孩在桥墩里大哭大叫，两天后，走近桥墩，还能听到她嘶哑微弱的声音。有一位青年不忍心，就在夜里偷偷拆开桥墩，把小女孩救出来。他本想把女孩送人，可人人都说女孩是桥墩鬼，不敢要。青年只好把女孩养大，女孩长大后，就成了青年的妻子。

奇怪的是，他们成亲的那一年，凡是嫁到村里来的新娘，无一例外都大病一场。村里人说，是桥墩鬼身上邪气重，冲了别的新娘。此后再有人结婚，新娘进村前，就要桥墩鬼躲开，躲开时，还必须一路丢羌符辟邪。

这一躲，就是五十多年。

可怜的桥墩鬼，就是我的奶奶。可悲的是，奶奶也深信自己身上邪气重，她亲手在门前种了一棵羌符，年年浇水施肥，以备辟邪之用。

许多年后，轮到我结婚了，奶奶拔下一把羌符，又要躲开。我拦住奶奶说："你不要走。"

奶奶说："不行呀，我是桥墩鬼。"

我把奶奶拉进房里说："奶奶，你不是鬼，你是人。我要请你给我铺床。"

奶奶赶紧捂住我的嘴说："不要乱讲，铺新床要请多子多福大吉大利的人。"

我夺下奶奶手里的羌符，把崭新的棉被塞进她怀里说："在我的眼里，奶奶就是多子多福大吉大利的人。你快给我铺床吧。"

奶奶抱住棉被，双手发抖，突然呜呜地哭起来。

桥墩鬼给我铺新床！消息传出去，全村人都等着我和妻子中邪遭殃。

为了证明奶奶的清白，我和妻子互相鼓励：千万不能倒霉，一定要干出点名堂来。我们又种养又做生意，渐渐发家致富，盖了全村最漂亮的房子，妻子还生了个大胖儿子。

从此以后，村里有人娶媳妇，奶奶再也不用躲开，可以昂起头去吃喜酒了。

心理学家的防盗门

　　杨教授是个心理学家，他刚刚搬进一个大院居住，邻居们就告诉他，这个院子很不安全，经常有小偷来偷东西，所以家家户户都装有防盗门。他们叫杨教授也快点装防盗门。杨教授说："好，我也装防盗门。"他亲自把木门拆下来，再装上去。

　　邻居们看见杨教授鼓捣一番后，门还是原来的门，锁还是原来的锁，就不解地问："杨教授，你为什么不装防盗门？"

　　杨教授说："我的防盗门已经装好了。"

　　邻居们莫名其妙："你的门明明还是原来那扇木门呀？"

　　杨教授说："是原来的木门，但我已经把它改成防盗门了。"

　　没有人相信那扇木门一拆一装就能变成防盗门。大家都说，杨教授可能被知识弄糊涂了。一个人学问钻得太深，往往会连常识都不懂的，例如一些科学家撞电线杆、喝墨水，就是这个道理。邻居们互相叮嘱，以后要多多关照杨教授。

　　不久到了元旦，那天搞活动，院子里所有的人都去参加了。搞完活动回来，人们发现家家户户的防盗门都被撬开了，值钱的东西几乎被小偷洗劫一空。

　　邻居关心地问杨教授："你有没有贵重的东西被偷？"

　　杨教授说："我的门小偷打不开。"

　　那么多铁门都被小偷打开了，杨教授一扇普普通通的木门小偷会打不开？众人不相信，纷纷来看杨教授的门。

　　千真万确，那扇普通的木门依然关得严严实实，小偷把锁撬坏了，锁周围的木板也撬得麻麻花花，可见费了很大功夫，可就是打不开门。

　　人们好奇地问："杨教授，就算是最好的防盗门，撬成这样也早就开了，你这扇木门为什么撬不开呢？"

杨教授说："其实，我的门根本就没有上锁，不用撬就能打开。"他走过去，在不装锁的那边轻轻一扭一推，门就开了。

众人惊呼："呀，你的门怎么在这边开的?"

杨教授说："对，大家的门都是在装锁的那边开的，只有我的门是在没装锁的这边开的。小偷如果按常规撬门，除非把门连门框一起拆下来，否则是不可能把门打开的。"

大家恍然大悟说："原来杨教授跟小偷斗智。"

杨教授笑一笑说："我是把防盗门装在小偷的心里。"

人生如卖菜

我曾在一家公司工作，后来那家公司倒闭了，我就失了业。我只好重新去找工作，这一找，就找了半年。半年后，我依然在家里待业，苦闷极了。

父亲问我："这半年里，难道就没有一家公司愿意录用你？"

我说："有，可是工资太低了，月薪大多只有七八百元。"

父亲说："七八百就七八百吧，先干起来再说。"

我说："那怎么行？我在原来那家公司月薪是两千元的，我一定要找回一份月薪两千元的工作。"

父亲笑一笑说："跟我去卖一天菜吧。"

我想反正没事干，就答应了。

我和父亲卖的是菜花，在市场上一摆开，就有一个中年妇女来问："这菜花怎么卖？"

父亲说："一块钱一斤。"

中年妇女说："人家的菜花最多九角钱一斤，你怎么要一块钱一斤？"

父亲说："我的菜花是全市最好的。"

中年妇女撇撇嘴，连价都不还就走了。

我们的菜花确实是全市最好的，卖一块钱一斤合情合理。可是一连几个人来问过价后，都不买。我有点着急了，就对父亲说："要不，我们也卖九角钱一斤吧？"

父亲说："急什么？我们的菜花这么好，还怕没人买？"

说话间，又有一个人来问价了。父亲依然说一块钱一斤。这人实在喜欢我们的菜花，就是嫌太贵了，他软磨硬磨，一定要父亲减一点，可父亲就是不松口。

那人咬咬牙说："减两分，九角八分一斤，我全要了。"

父亲说："少一分不卖。"

那人叹一口气，走了。

那个人走后，时间就不早了，买菜的人越来越少，菜价开始往下跌。别人的菜花大都卖完了，剩下没卖的，已经降到六角钱一斤。我们再叫一块钱一斤就被人笑话了，只好降到七角钱一斤。

我说："我们干脆也卖六角钱一斤算了。"

父亲说："不行，我们的菜花是最好的。"

中午过后，菜价掉得更厉害。菜花不能隔夜卖，价格掉得最惨，六角、五角、四角，黄昏时候，有人干脆论堆卖，两块钱一堆。我们的菜花经过一天日晒，早已毫无优势了。

天快黑时，一个老头过来踢一脚我们的菜花问："这堆一块五角钱，卖吗？"

父亲扭头问我："卖不卖？"

我没好气地说："反正不值钱了，卖了吧。"

结果，老头用一块五角钱买走了我们的一大堆菜花。

回家的路上，我埋怨父亲说："早上人家给九角八一斤你为什么不卖？"

父亲笑笑说："是呀，那时候出手该多好，可早上总以为自己的菜花值一块钱一斤，就像你现在总以为自己月薪必须两千元一样。"

父亲的话使我深深震动。人生其实就像卖菜一样，要卖得好价钱是不容易的，有时候，越想卖高价，越卖不出去，最后烂贱如泥。做人不能自视太高，还要善于把握时机。

第二天我就到一家公司去上班了，月薪六百元。

兄 弟 鞋

　　大宝和二宝是孪生兄弟，18岁生日那天，母亲送给兄弟俩每人一双千层底布鞋。兄弟俩是孝子，他们决定去县城买点东西，也送一份礼物给母亲。

　　吃了早饭后，大宝和二宝穿上母亲做的布鞋出发了。他们还没有来到县城，就碰见一队国民党军队，军队里夹有一些民工。兄弟俩躲避不及，被一伙官兵抓住，被迫扛着弹药，迎着呼叫的寒风，跟随队伍小跑着前进，离家越来越远。

　　两天后的黄昏，天空飘起了雪花，枪炮声突然在雪花中爆响。队伍立刻大乱，二宝跟着乱哄哄的队伍，冒着枪林弹雨，一会儿跑向东，一会儿跑向西。枪炮声停息的时候，二宝才发现，大宝不见了。身边多了一群蓬头垢面的士兵，个个面黄肌瘦，像快饿死的乞丐。

　　二宝向旁人打听，才知道好多国民党军队被共产党军队围了两个多月，弹没有尽，但粮食早就断炊了。二宝跟随的部队是奉命去解围的，结果不但没有解围，自己反而也被围了进去，成了瓮中之鳖。

　　当晚，二宝就尝到了被围之苦，肚子饿得咕咕叫，可包围圈里可吃的东西只有雪水。二宝挤到一个老兵身边，一块儿取暖。

　　好不容易熬过一个又冷又饿的长夜，天亮时，官兵们不约而同地骚动起来。二宝问出什么事了，老兵说："飞机要来空投粮食了。待会儿，我抢米，你抢鞋。"

　　二宝问抢鞋干什么，老兵说："这里能烧的东西几乎烧光了，许多人开始吃生米。我也吃了两天生米，昨晚才想到，胶鞋是可以当柴烧的。小兄弟，待会儿别人抢米时，你在后面脱他们的鞋，脱得几双鞋，就能煮一顿饭了。"

　　二宝摇摇头："天这么冷，脱人家的鞋，太缺德了。"

　　老兵撇撇嘴："那你就等着饿死吧，我另找个搭档。"

　　二宝可不想死，他赶紧说："叔，我听你的。"

　　说话间，天边就响起了隆隆声，一架飞机很快飞到了头顶上。有一大袋粮食，拖着降落伞落在离二宝不远的地方，刚一着地，官兵们就蜂拥而上，野狗挣肉般抢起来。老兵一手拿匕首，一手提着用裤腿做成的小布袋，冲在最前面。

　　别人围着粮食争抢时，许多脚伸在外面。二宝犹豫了一下，才抓住一只高高翘起的鞋子，使劲一掰，那鞋就像玉米棒子一样被扯脱了，鞋的主人只顾抢米，居然一点反应也没有。二宝把心一横，一连脱了十几只鞋子，扭头就跑。

　　二宝刚回到战壕，老兵也回来了。老兵嘴角流了血，额头也肿起一个包，付出这么大的代价，只抢到一点点米，仅够两个人吃一餐。二宝真诚地说："叔，太难为你了。"

　　老兵擦掉嘴角的血，高兴地说："没事，咱俩有饭吃了。"

　　二宝自告奋勇煮起饭来，钢盔是锅，雪块当水，胶鞋当柴。点火时，二宝忽然发现，那堆胶鞋里，竟然有一只布鞋，一只千层底布鞋。他拿起布鞋一看，这不是哥哥的鞋吗？天啊，自己竟然脱了哥哥的鞋！

　　二宝连火都不烧了，发疯似的呼叫哥哥，却没有人回答。老兵安慰二宝说："你哥肯定在战壕里，先做饭，吃了饭我和你一起去找他。"

　　二宝只得先煮饭吃，没想到，他和老兵正吃着饭，共军的总攻就开始了，大炮轰得天崩地裂。二宝把哥哥的鞋揣在怀里，趴在战壕中听天由命。枪炮声渐渐远去后，二宝战战兢兢地爬出战壕，发现到处都是解放军。

　　解放军对二宝非常好，问他愿意参军，还是愿意回家。二宝实话实说："扛一回弹药，我的胆都吓破了，哪里还敢参军？我要找到哥哥，一块儿回家，免得我娘担心。"

　　解放军也帮二宝找哥哥，可找了半天，依旧活不见人，死不见尸。不知大宝去了哪里，二宝只好独自回家。母亲在家里快要急疯了，看见二宝进门，就扑过来一把抓住，连珠炮似的问："我的小祖宗，你这几天去哪了？你哥呢？他怎么没回来？"

　　二宝把这几天的遭遇告诉母亲，然后抽了自己两个嘴巴，泪流满面地说："娘，我竟然脱了哥哥的鞋，我不是人啊！"

　　母亲也流下眼泪说："孩子，这不是你的错，怪只怪这兵荒马乱世道。"

　　二宝和母亲四处打听大宝的下落，可始终没有他的消息，只有那只千层底布鞋，一次次勾起母子俩伤心的回忆。

岁月如梭，不知不觉就过了四十多年。母亲临死的时候，还记挂着大宝，她叮嘱二宝："我死后，把你哥的鞋放到我的棺材里，让我到了地下，还有个念想。"

亲人对大宝的思念，终于感动了老天。一个阳光灿烂的早晨，离家50年的大宝终于回到了家乡。兄弟俩抱头痛哭，哭够了，二宝就低头看哥哥的脚。大宝的脚掌一只长，一只短，左边脚掌的五个脚趾都不见了。

二宝问哥哥脚趾呢，大宝叹一口气说："唉，就在我和你走散的第二天早上，我去抢空投的大米，米没抢到几粒，鞋子却不见了一只。我还没找到鞋子，解放军的总攻就开始了，我只好赤着一只脚逃命，走了两天两夜，几个脚趾都冻掉了。"

二宝哽咽着说："哥，你那只鞋子是我脱的。"

二宝把那天的奇遇告诉哥哥，兄弟俩感叹唏嘘。大宝问那只布鞋呢，他想看看。二宝说："在娘的坟里。"

正好家乡修路要占用母亲的坟，大宝和二宝就另择新址，选了个良辰吉日，给母亲迁坟。

挖开坟墓，揭开棺材盖，真是神了，那只千层底布鞋，完好无损地躺在母亲的骸骨边，母亲缝制的针痕，还依稀可见。大宝伸出颤抖的双手，想捧起这只历尽沧桑的布鞋，可布鞋一上手就化成了尘土。

大宝捧着化作尘土的布鞋，给母亲磕了三个响头，泪流满面地说："娘，大宝回家了，您快看我一眼啊！"

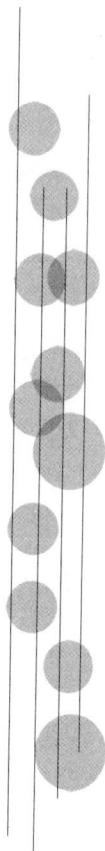

断掌

阿兰两只手掌生毒疮，久治不好，最后一齐切掉了。阿兰几乎成了废人，吃喝拉撒都要丈夫大军侍候。她的心情坏透了，看见人就骂，看见东西就摔。

大军说："你不要骂别人，想骂就骂我吧，摔几件不太值钱的东西也可以。"

阿兰真的用没有手掌的手臂，使劲将一只锅盖拨到地上，咣当一声响。大军弯腰把锅盖捡起来，阿兰再拨，他再捡。

可是，阿兰骂多摔多后，大军就不耐烦了，忍不住说："你总不能靠骂人摔东西过日子吧？"

阿兰伤心地说："我知道你嫌弃我，你干脆跟我离婚算了。"

妻子已经失去双手，大军不能跟她吵架，只好让她骂，让她摔。为了避免和妻子冲突，大军心烦时，就一个人出门走走。

有一次，大军走了一圈回来后，阿兰问他去了哪里。大军说："出去走走。"

阿兰撇撇嘴："天这么黑，出去走走，谁信？"

大军问："那你说我出去干什么？"

阿兰用嘴咬起一只茶杯，砸在地上："干什么你自己知道！老实告诉你，我刚才跟在你后面，看见你和一个女人在一起。"

大军说："那是我刚才在路上碰见的一个同事。"

阿兰又摔碎一个杯子说："你去和同事过好了，永远不要回来！"

此后，大军心里再烦也不出门散步了。阿兰觉得奇怪，问他晚上怎么不出去了。大军说："不想出去。"

阿兰冷笑说："你们换在白天见面了吧？"

大军真想给妻子一巴掌，但想到她是个残疾人，还是忍着一口气，扶她去厕所，帮她解裤带，让她大便。等妻子大便完，又帮她擦屁股。

阿兰却说："你肯定是在外面有了女人，做贼心虚了，否则不可能对我这么好。"

大军气得七窍生烟，把阿兰推倒在便盆上说："对，我在外面有女人，我现在就去跟她幽会，你快跟来把我杀了吧！"

阿兰坐在便盆上呜呜地哭着说："你终于承认了。"

阿兰的心情更坏了，她动不动就闹自杀，跳楼、跳水、触电、吃安眠药。大军一次又一次把阿兰从死亡线上救回来，他讨厌极了，却不敢流露，生怕刺激妻子做出更糟糕的事来。只有等到半夜阿兰睡熟后，大军才能看着这个断手的女人长长地叹息。

有一天，为一点鸡毛蒜皮的小事，阿兰又要吃安眠药，用手臂夹着一只瓶子鼓捣。大军夺过药瓶，扔到窗外，挥手给了妻子一巴掌，骂道："你有完没完啊？一次又一次寻死觅活！断两只手有什么大不了的？"

阿兰哭叫说："张大军，你这个没良心的，老天怎么不让你断手啊！"

大军冷冷地说："看来也只有断手这个办法了，否则我们一辈子都不会安宁。"

房间里有一个铡刀，是大军的爷爷铡草药用的，非常锋利。大军毅然把左手放到铡刀下，"咔嚓"一声铡断，再把右手放铡刀下，大脚在刀柄上一踩，也"咔嚓"一声铡断。鲜血从两个断口喷涌而出，阿兰吓得呆若木鸡。大军忍着剧痛，用嘴叼来两根绳子，以牙代手，把两个手腕紧紧扎住，然后用脚趾拨打电话叫救护车。

一会儿，救护车来了，车门一开，大军就自己跳上车去。阿兰这才醒过神来，跌跌撞撞地跑过来喊："大军，你这是干什么啊？"

大军回头望着妻子，郑重地说："我以后一定能够用嘴和双脚挣钱养家，我要让你明白，失去双手的人应该怎样生活。"

窦娥死后

窦娥死后，她许下的三个愿望，一个接一个变成现实。

先是窦娥流出的血没有一滴落向地面，除了刀口上粘了一点外，全部飞到高高的白旗子上，顷刻间，白旗就被染成了红旗。刽子手啧啧称奇，围观的人更是摇头叹息，七嘴八舌地说窦娥肯定是被冤枉的。

窦娥的第二个愿望是六月飞雪。她被杀的时候正是三伏天，烈日当空，可人头刚一落地，烈日就被乌云遮住了，白白的雪花满天飞舞，纷纷扬扬地飘洒下来。人们赶紧穿上冬装，有些穷人的棉衣还在当铺里，无钱赎回来，只能咬紧牙关御寒。幸好大雪只下一个时辰就停了，雪后依旧烈日当空。最惨的是田里的庄稼，正是要熟不熟的时候，经雪一打，再经烈日一烤，全死了。乡亲们唉声叹气，拔掉死庄稼，重新播种。

新播的种子刚发芽，窦娥的第三个愿望又灵验了。她的第三个愿望是让家乡大旱三年！那些新种的庄稼只长出两三片嫩叶，别说三年，就是三天都受不了。

乡亲们赶紧挑水抗旱，先到附近的小河挑，小河干了就到远处的大河去挑。男女老少一齐上阵，日夜不停，扁担将肩膀都磨穿了，可是，没多久，连大河也被烈日晒干了。乡亲们再也找不到抗旱的水，纷纷扔下水桶，放声大哭。这一年，楚州地面上几乎颗粒无收，为了度日，有的人家挑选瘦弱的儿女卖掉，两个孩子能换一斗米。

第二年继续大旱，田里裂开大大的口子，连野草都长不住了。绝望的乡亲不得不离开家乡，四处逃荒。走着走着，就有人倒在路边，永远站不起来了。许多尸体无人掩埋，饱了野狗的口福。

第三年，老天还是不下一滴雨。楚州的穷人差不多逃光了，只剩下富人。富人有余粮，再旱也不怕，只需把水井挖深一截就行了。他们守着深井，吃着陈粮，依旧天天喝酒行乐。反正窦娥的毒誓有效期不过三年，富人有耐心等一等。

　　窦娥的婆婆蔡婆也没有逃走，她不是不想逃，实在是太老了，腿脚又不便，走不了远路。老人已经没有一粒粮食，全靠野草度日，见到青色的东西就吃，她常常自嘲说："老身都快变成畜生了，胃口比牛还好。"

　　人毕竟不是牛，不能光靠野草活下去，蔡婆最后还是饿死了。

　　蔡婆恍恍惚惚来到阴间，刚过奈何桥，就一眼瞥见窦娥。老人冲上去，一把抓住窦娥的手，迫不及待地问："窦娥，你本是穷人，为何偏跟穷人过不去？"

　　窦娥莫名其妙："婆婆，您怎么说这种话？我最心疼穷人了，怎么会跟穷人过不去呢？"

　　蔡婆感叹说："媳妇啊！你临死前许下的毒誓，害死了多少乡亲。老实说，我也是死在你的毒誓上的。"

　　蔡婆把自己的遭遇和乡亲们的惨状，详详细细告诉窦娥。窦娥听得目瞪口呆，半天才回过神来："婆婆，这不是我的错。"

　　蔡婆不高兴地说："怎么不是你的错？行刑那天，你许下三桩誓愿，第一桩鲜血飞上旗子倒没什么，第二桩六月飞雪和第三桩大旱三年才要命。现在刚大旱两年多，就饿死成千上万的穷人，往后还不知道要死多少穷人啊！倒是你咒骂过的那些富人，天天吃肉喝酒，过得好好的。"

　　窦娥摸着胸口，委屈地说："我的心是向着穷人的，第二和第三桩毒誓不但不是我的心意，还是我最痛恨的。"

　　蔡婆不解地问："那你为什么要说出来？我可是亲耳听到你说的。"

　　窦娥无可奈何地说："我是关汉卿笔下的人物，一言一行都必须听他的安排，他让我许下这种毒誓，我不说不行啊！"

　　蔡婆愤愤不平地说："关汉卿在哪？我找他算账去。"

　　窦娥指指奈何桥的那一边，很不屑地说："他还没有死，估计正在阳间写戏演戏呢。"

　　阴阳有别，蔡婆没法回人间找关汉卿算账，她一屁股坐在桥头的石板上，气呼呼地说："老身在这等那个姓关的。"

高山流水

下岗人没有好心情，我坐在家里生闷气。别人却很高兴。那高兴的人在我家屋后，不知鼓捣什么，弄出一阵怪声音飞过来十分刺耳，好像变腔变调地说："杀鸡杀鸭。"

这杀鸡杀鸭的声音响了一天，直到夜深了，仍不绝于耳。我被它吵得睡不着，躺在床上骂："我们连青菜都快吃不到了，他倒日夜杀鸡杀鸭！"爱人说："那是人家练二胡，别理它，快睡吧。"

我偏不睡，披衣起床，要去教训那不知好歹的二胡手。我出了门，绕到屋后，月光下看见一间低矮的平房，黑糊糊的，鬼一般吓人。这间破平房自从去年吊死过一个老女人后，一直空着，现在却住进了二胡手，正把鸡鸭杀得起劲。我壮着胆走过去，擂了几拳破房的窗户，骂道："拉你个头呀！三更半夜的，人家要睡觉！"

从此二胡手不敢在夜晚吵了。我也没有心情再去理他，天天忙于重新就业。

我艰难的日子，也和别人快乐的日子一样流去，转眼到了国庆节。国庆节照例有晚会，不用票的，所以观众很多，我进去时已经没有空位，只能站在过道里，还差点被人挤扁。

看过几个节目后，主持人说，下面是二胡独奏。听到二胡二字，我就想起那"杀鸡杀鸭"的刺耳声，于是懒得看，扭头跟左边一个熟人说话。可说不了几句，熟人就不答理我了，眼睛大着只往台上望。

台上坐着一位姑娘，美丽得让人看一眼就终生难忘。我吃了一惊，这个小县城，怎么会有这样光彩照人的女孩呢？小美人正在拉二胡，运弓的姿势优美绝伦，从那个一根棍子带个竹筒的乐器上传出来的，不是杀鸡杀鸭的声音，而是田野上吹拂的春风，是水面上荡漾的涟漪，是高山上飞泻的流水……我忘了身在何处，掌声响起的时候，才跟着把巴掌拍红。

观众在掌声停息后，提出个小小的要求：请拉二胡的女孩站起来，让大家看个清楚。女孩却不站，依旧纹丝不动地坐着。主持人解释说，女孩是个残疾人，双腿不能站立，现在她坐的是轮椅。人们愣住了，掌声又一次响起，如同狂风暴雨。

不知为什么，我的眼睛潮乎乎的，再也看不清台上的女孩。我心中忽然涌起一股冲动，要认识这个女孩，于是我不顾一切地挤过人群，往台后走。

台后的女孩似乎更加美丽动人，她端庄地坐在轮椅上，像一个不可冒犯的天使。我冒冒失失地问："你是哪里人？"

女孩明眸秋水，望着我，很亲切地说："我是你的邻居呀！"

"你是我的邻居？"我这一惊，差点没把眼镜跌掉。

女孩笑了："我住在你家后面那间平房里，你不认识我，可我认识你。"

拉出高出流水的女孩，原来就是那个"杀鸡杀鸭"的人。想起自己曾擂过她的窗户，曾骂过她，我无地自容，尴尬地说："我，我很佩服你。"

女孩伸出她凝脂般的小手，握住我的大手，动情地说："我正羡慕你哩！"

"我有什么值得你羡慕呢？"我茫然地问。

女孩说："你有两条能走路的腿。"

是的，我有两条能走路的腿，谢谢你提醒这一点，美丽的女孩。我该往前走了。

长发美人

四年大学，最让李伟高兴的，是他身边坐着全校最美的女生。这个女生叫刘玲，坐在李伟的前面。她有一头披肩的长发，当她向后仰的时候，长发就罩到李伟的课本上，如一片浓云。浓云散后，课本上往往留下一两根长发。李伟如获至宝，小心翼翼地把长发捡起来，收藏好，没有旁人的时候，就拿出来，闻一闻长发上幽幽的淡香。

李伟每节课都看着刘玲的长发，闻着她的气息，希望永远不要下课。他爱上了刘玲，但不敢表白。刘玲是市长的千金，如云天上飞翔的天鹅，而李伟是农民的儿子，自觉如地上的一只蛤蟆。他怕一旦说破，会吓得刘玲换座位。还是保持沉默吧，让刘玲坐在身边，收集她脱落的头发，也是一种幸福。

四年后，李伟和刘玲都毕业参加工作了。巧得很，两人进了同一个单位。李伟暗暗高兴，他觉得自己和刘玲有缘分，准备等待一个好机会，表白埋藏了四年的爱情。可是他等来的不是好机会，而是刘玲结婚的消息。听着喜庆的鞭炮声，李伟心里隐隐作痛。夜深了，他还无法入睡。他从箱底翻出一大把头发，那是四年大学的收获。李伟把刘玲的长发绕在自己的脖子上，走到镜前照一照，悄悄流下两行眼泪。

李伟回避了所有的女孩，一直不结婚，他的心还留在刘玲身上，没有收回来。刘玲婚后很不如意，她先跟丈夫在外面住，一年后又只身搬回单位住。她的丈夫经常来找她吵架，吵到激烈时，拳头脚尖一齐上。李伟感到那个男人的每一拳每一脚都打在自己的心上。他忘了这是人家夫妻吵架，冲过去保护刘玲，跟那个男人搏斗。

不久，刘玲就和丈夫离了婚。李伟再也不能错过机会，他勇敢地走进刘玲的房间，握住她的手，一切都在不言中。

第二年桃花盛开的时候，刘玲终于做了李伟的妻子。新婚之夜，李伟双手捧着头发，送到妻子面前说："这是你的头发，我整整收集了四年。"

　　李伟以为妻子一定会感动的。不料，刘玲接过头发，揉作一团，扔在一边，淡淡地说："我原先那个丈夫，是我高中时的同学，也是坐在我后面。他收集我的头发，比你收集的还要多。"

　　李伟问："那些头发呢?"

　　刘玲说："烧掉了。"

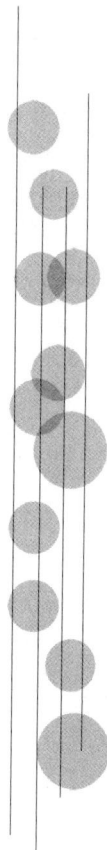

第一次抱母亲

母亲病了，住在医院里，我们兄弟姐妹轮流去守护她。轮到我守护母亲那天，护士进来换床单，叫母亲起来。母亲病得不轻，转身下床都很吃力。我赶紧说："妈，你别动，我来抱你。"

我左手揽住母亲的脖子，右手揽住母亲的腿弯，使劲一抱。没想到母亲轻轻的，我用力过猛，差点仰面摔倒。护士在后面托了我一下，责怪说："你使那么大劲干什么？"

我说："我没想到我妈这么轻？"

护士问："你以为你妈有多重？"

我说："我以为我妈最少有一百斤重。"

护士"扑哧"一声笑了，她说："你妈这么矮小，别说病成这样，就是年轻力壮的时候，我猜她也到不了九十斤。"

母亲说："这位医生真有眼力，我这一生，最重的时候也只有89斤。"

母亲竟然这么轻，我心里很难过。护士却取笑我说："亏你和你妈生活了几十年，眼力这么差。"

我说："如果你跟我妈生活几十年，你也会看不准的。"

护士问："为什么？"

我说："在我的记忆中，母亲总是手里拉着我，背上背着妹妹，肩上再挑一百多斤重的担子翻山越岭。这样年复一年，直到我们长大。我们长大后，可以干活了，但每逢有重担，母亲总是叫我们放下，让她来挑。我一直以为母亲力大无穷，没想到她是用八十多斤的身体，去承受那么多重担。"

我望着母亲瘦小的脸，愧疚地说："妈，我对不起你啊！"

护士也动情地说："大妈，你真了不起。"

母亲笑一笑说："提那些事干什么？哪个母亲不是那样过来的？"

护士把旧床单拿走，铺上新床单，又很仔细地把边边角角拉平，然后回头吩咐我："把大妈放上去吧，轻一点。"

我突发奇想地说："妈，你把我从小抱到大，我还没有好好抱过你一回呢。让我抱着你入睡吧。"

母亲说："快把我放下，别让人笑话。"

护士说："大妈，你就让他抱一回吧。"母亲这才不做声。

我坐在床沿上，把母亲抱在怀里，就像小时候母亲无数次抱我那样。为了让母亲容易入睡，我将她轻轻摇动。护士不忍离去，坐在椅子上看我抱母亲。

母亲闭上了眼睛，我以为她睡着了，准备把她放到床上去。可是，我忽然看见，有两行泪水，从母亲的眼里流出来。

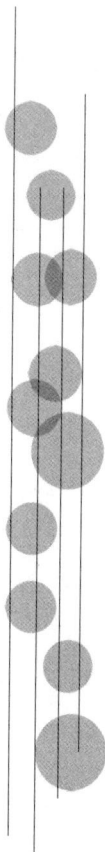

关门吃肉

我最艰难的日子，是当代课老师的那一段。每月71元的工资已经少得可怜，还要拿出30元支援弟弟读书。剩下41元，连交食堂的伙食费都不够，我只好退出食堂，自己煮，每天不吃肉，只吃青菜。有时新鲜青菜是吃不起的，我专挑几毛钱一堆没人要的老青菜买。煮这样的老青菜，还不敢多放油。

在以老青菜为主食的日子里，我居然谈恋爱了，而且女朋友很漂亮。别人替女朋友买金项链，我最大的本事是买一斤肉煮给她吃。

好不容易等到发工资，我不管后面的日子怎么过，先买一斤肉回来，煮了一大碗，关起门，和女朋友津津有味地享用。正吃着，门外就有个同事喊我。这个同事也是代课老师，嘴巴大得很，人称四方嘴，是一个馋极而无理的家伙。

我示意女朋友不要出声，心想，四方嘴以为屋里没人，会自动走开的。没料到，四方嘴喊了几声，竟然推门进来。我和女朋友十分尴尬，四方嘴却大大方方地走下来，反客为主地招呼我们："吃吧吃吧，一起吃。"

吃完肉后，四方嘴还把我关门吃肉不敢出声的丑事四处传播。不久，同事们就给我起了个难听的外号，叫"关门吃肉"。过了两个星期，女朋友就跟我分手了。分手后，她竟然爱上了四方嘴。这也难怪，四方嘴条件比我好，能从父亲那里得到补贴，虽然也无力给女朋友买金项链，但买肉吃是没有问题的。

在一冷冷清清的早晨，我流下两滴可笑的眼泪之后，就卷起简单的铺盖，离开了学校。我去寻找属于我的道路。我到过海口、广州、深圳、上海，睡过桥底，捡过垃圾，做过打工仔，小商贩，最后自己开一个油漆厂，生意还不错。

我重新回到家乡的时候，得知以前的女朋友已经跟四方嘴结了婚，而且有一个孩子了。那些以前叫我"关门吃肉"的人，现在围住我，开玩笑说："你发财了，要请客。"

　　我一时高兴，就答应请他们吃一顿。为了彻底洗净当年关门吃肉的羞辱，我请这些旧同事上全城最好的酒楼，点最好的菜，喝最好的酒。

　　席间，我去了一次洗手间。当我从洗手间出来时，恰好听见四方嘴跟人说话。有个夸我大方，四方嘴答："大方个屁，他会关起门偷偷吃肉。"一群人跟着哈哈大笑起来。

　　这些人的笑声，使我知道自己犯了一个天大的错误。我决定不再回到餐桌去，而是立刻买单，走人。临买单时，我又改变了主意，对服务台的小姐说："等一会你叫嘴巴大大的那位先生买单。"说完，我就大踏步出了酒楼。

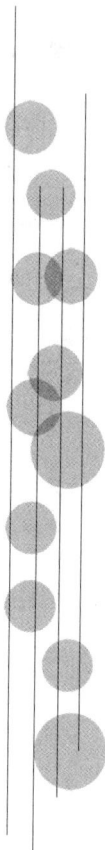

美女做伴

几年前的一天，我从广州坐卧铺车回家，铺位是 9 号。相邻的 10 号铺位上，斜躺着一位美丽的女孩。我想跟女孩打一声招呼，可她眼睛望着窗外，一直不看我。我欲言又止。

两个铺位紧挨在一起，我把小包放上货架时，一不小心，手臂就碰到了女孩。女孩十分敏感，像被毒蛇咬中一样把身体猛地一缩，紧紧贴在窗沿上。我本该说声对不起，可看她如临大敌的样子，就打消了道歉的念头，反正又不是故意碰她。

女孩居然紧贴窗沿躺着，任客车怎样颠簸侧倾，都不松身，估计她把我当作一条色狼来提防。为避嫌疑，我尽量跟女孩拉开距离，只让半边身卧在铺板上，另半边身悬空在外面。这样我和女孩之间，就有半尺宽的空位。这个空位放手臂是最好的了，但我不敢放，怕再次碰到女孩，万一她喊救命，那就不好说了。最难受的是车子向女孩那边倾斜时，我必须紧紧抓住铺位的边沿往过道那边使劲，才能跟女孩保持安全距离。

我规矩到这种地步，以为女孩该充满安全感了。可是不，她还怀疑我是小偷。女孩的钱原来是装在靠近我的那个裤兜里的，她不放心，车出广州不久，她就悄悄地把钱掏出来，转移到紧贴车窗的那个裤兜里去。虽然她的动作很隐蔽，但我还是看清楚了，她的钱并不多，大约只有五六十元。

我不忍心看这个女孩，闭上眼睛，假装睡着，可不知道怎么搞的，满脑子跳动着色狼、小偷这类字眼。我时刻记住把身体往外靠，离女孩越远越好，有几次差点从铺位上掉下去。这种旅途真不好受，我希望女孩快点下车，换上一个满身臭汗的老头也比她好。

女孩却不下车，一直和我坐到终点站。下了车我就回家，我的家离车站不远，步行几分钟就到了。女孩也下了车，下车后她还跟我一路走。她带有很多东西，大包小包的，又提又挎很吃力。我想帮她拿点东西，可又担心人家怕我拿了她的东西就跑，所以话到嘴边又咽了回去。

几分钟的路很快就走完了，我来到我居住的那栋楼下。女孩也来到楼下，和我走进同一个门口。

我不得不问她了："喂，你也住这里？"

女孩点点头，算是回答。

我又问："以前我怎么没见过你？"

女孩说："我家刚刚搬来没几天。"

我和女孩竟是这么近的邻居。

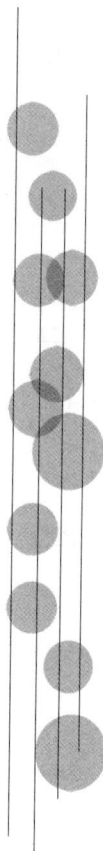

似水流年

我家的老屋拆掉后，剩下几堵残垣断壁，断墙上爬满野藤，断墙下长满野草，很像鲁迅笔下的百草园。我和村里的孩子常常来这里爬墙头、捉蟋蟀、摘野果。

有一天，我和秋红来捉蟋蟀，结果蟋蟀没捉到，却从洞里掏出两个破碗来。

秋红说："二狗哥，捉蟋蟀有什么好玩的？我们过家家吧。"

我说："好，我做爸爸。"

秋红说："我做妈妈。"

我又用泥巴捏一个小人说："这是我们的儿子。"

秋红捧起泥人，学妈妈抱小孩的样子抱了抱，忽闪着大眼睛问："我们的儿子叫什么？"

我说："叫他春宝吧。"

秋红嫌春宝长得不够漂亮，很细心地给他修补眼睛和嘴巴。

替儿子整了容后，我们就煮饭炒菜。拿一团湿泥放到一只破碗里，摘一张洋芋叶盖一会，就算饭煮熟了。炒菜要麻烦一些，秋红东奔西跑，采摘野果野菜，丢进另一只破碗。我一边以手代铲使劲翻炒，一边催秋红："快，快！"

煮好饭菜，我们就抢着喂儿子吃。我把一团泥巴向小人的嘴巴抹去。秋红责怪说："不要喂那么大口，春宝会噎死的。"

我们正玩得开心，忽然听到一个女人喊："秋红，你野到哪里去啦？"

秋红慌张地说："我妈叫我。"

接着是一个男高音的怒吼："二狗，再不回来我打断你的狗腿！"这是父亲在喊我。

我和秋红赶紧把两只破碗和小泥人藏到墙洞里去。秋红说："明天我们再来。"

我说："明天再来。"

秋红说："不准骗人。"

我说："骗你我是小狗。来，拉钩。"

我们伸出手指拉钩，相约第二天继续来过家家。

没想到，当天晚上，我就被叔叔带到城里去了。不久，我的父母也到城里定居。从此，我再也不能和秋红过家家了。

等我再回到老家的时候，已经是 20 年后。

20 年后的村庄焕然一新，但老屋那几堵残垣断壁还在。看着断墙上的野藤和断墙下的野草，就油然想起 20 年前和秋红过家家的情景。

我迫不及待地去掏当年收藏破碗和小泥人的墙洞，居然还掏出那两只破碗来。破碗里有半碗陈泥，认不出是我们当年吃剩的饭，还是我和秋红的儿子春宝。

这些旧物，使我深深怀念那个长有一双大眼睛的童年小伙伴。我向村里人打听秋红的下落。村里人说，十年前，秋红被一个人贩子拐走了，听说卖到了很远的地方，一直没有回来。

我本打算把两只破碗带走，可想一想，又把它们藏回墙洞里。也许有一天，历尽劫难的秋红会平安回到故乡，像我一样再把它们掏出来。

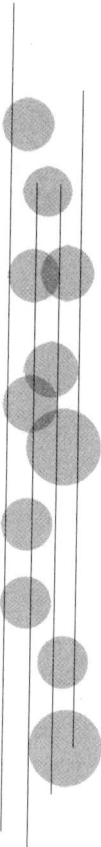

微阅读 1+1 工程

穿破袜

　　星期日，我和张青去公园，坐在草地上晒太阳。坐了一会，张青就脱掉鞋子，只穿袜子在软绵绵的草地上走来走去，非常惬意。我也想脱掉鞋子，可忽然记起自己穿的是一双破袜子，脱掉鞋子就露丑了。我伸向鞋子的手，不得不缩回来。

　　张青走了几步，就招呼我："你也脱掉鞋子来走走吧，真是美极了。"

　　我说："草地我走过多了，没什么好玩的。"

　　张青却很固执，竟过来帮我脱鞋子。我紧紧地护住鞋子，不高兴地说："你别动，我不想脱。"

　　争执中，有一根草茎进了我的鞋肚里，刺我的脚底，很不好受。好不容易等到张青往别处张望，我才飞快地脱下鞋子倒掉草茎再穿好鞋子。

　　因为心里有疙瘩，我怎么也高兴不起来。又坐了一会，大家都觉得没意思，我们就回家了。

　　又一个星期日，张青邀我再次去公园，依旧坐在草地上晒太阳。这回我吸取了教训，特意穿了一双崭新的袜子。我也要好好地走一回草地。

　　坐了一会，我就脱掉鞋子，和张青上次一样，只穿袜子在草地上走来走去。踩着软绵绵的草地，迎着灿烂的阳光，真是美妙极了。

　　我忍不住招呼张青："来吧，一块走走。"

　　张青说："好哩。"他也脱下鞋子，穿一双白袜向我走来。

　　张青走近后，我才发现，他穿的竟然是一双破袜子，两个脚拇趾露在外面。我怔了怔。

　　张青却笑一笑："怎么，没见过破袜子？"他故意翘起脚拇趾，向我摆动。

　　没想到，张青穿破袜子这样从容大方。我羞愧地说："你知道吗？其实上次我很想脱掉鞋子走一走草地，只因为自己穿了一双破袜子，就不敢脱鞋子。"

　　张青说："我知道。你脱鞋子倒什么东西时，被我看见你的破袜子了。所以我今天故意穿一双破袜子来。"

　　我问："为什么？"

　　张青说："我想告诉你，好朋友是不在乎破袜子的。"

26

美味的乡情

我和父亲回老家。老家在山里，下车后，还要步行两个多小时。

我们回到老家时，看见邻居张二婶正在摘冬瓜。她摘好冬瓜后，特意把最大的那两个抱过来送给我们，叫我们拿回城里吃。二婶是好心人，我们在老家生活时，没少吃她的东西。可扛两个大冬瓜翻山越岭可不是轻松的，我和父亲都说不要。

二婶正色说："嫌二婶的瓜不好吃，是不是？"

话说到这个份上，我们就不好再推辞了，只好说："那就要一个吧。"

二婶说："你们两个人回来，就得带两个瓜回去，谁也不准空着手。"

我看看那两个大冬瓜，每一个至少有30斤重。我心里发休，就央求说："二婶，换一个小的给我吧。"

二婶说："不行，换小的，城里人会说我小气。"

二婶说完就走了。我们不得不把她送的冬瓜带回城。

回城要翻越好几座山，空手走都累得够呛，再扛一个几十斤重的大冬瓜，我哪里吃得消？刚翻过一座小山，我就走不动了。我趁父亲不注意，悄悄把那个冬瓜丢在路边，不要了。

又翻过一座小山时，父亲回头一看，发现我的冬瓜不见了，就问："你的冬瓜呢？"

我说："我扔在路边了。"

父亲说："那怎么行？快回去把冬瓜扛回来。"

我说："已经走了这么远，算了。"

父亲见我不动身，就放下他那个冬瓜说："你看着这个冬瓜，我回去拿。"

父亲真的往回走，翻过一座小山，把我扔掉的那个冬瓜找回来。看他汗流浃背的样子，我心疼地说："爸，你这是何苦呢？城里的冬瓜才三角钱一斤。我们扛这种不值钱的东西翻山越岭，根本不合算。干脆把这两个冬瓜都

扔掉吧。要吃回城再买，想要哪块就叫摊主切哪块，多好。"

父亲说："城里的冬瓜跟这两个冬瓜不同。"

我问："都是一样的绿皮白肉，有什么不同?"

父亲说："城里的冬瓜只是冬瓜，这两个冬瓜不光是冬瓜，更是一份乡情。"

我不以为然，但还是和父亲一起，把冬瓜扛到山外，搭车回到城里。

我们根本吃不了那两个大冬瓜，就把它们切成一块块，分给楼上楼下的邻居，并且告诉邻居们，这两个大冬瓜是一位乡下的老邻居送的。

晚饭后，楼上楼下的邻居不约而同到我家里来，都说冬瓜很好吃，又夸我们乡下的老邻居好。许多人的老家都在乡下，他们向我们打听乡下的情况，情不自禁地回忆起自己的老家来。说起乡下那些童年的小伙伴和彼此亲如一家的乡亲，每个人都很兴奋，眼里闪闪发光。

我非常庆幸没有扔掉冬瓜，和父亲把这份乡情带到城里来，勾起邻居们的美好回忆。

奶奶的温暖

说到温暖，就想起我的奶奶。

记得孩提时的冬夜，父亲抱我去跟奶奶睡。奶奶从被窝里伸出双手接过我，摸我的手脚和头脸，然后拍打着我的屁股骂："小东西，你疯到哪里去了？快冻成雪人了！"骂声里有千怜万爱。奶奶最后说："快进被窝来。"

奶奶的被窝暖烘烘的，我像个雪球滚进去。那时候不懂得奶奶耗去多少热量才造就这个暖烘烘的被窝，只知道一个劲往奶奶身上贴。奶奶的双臂像大鸟的翅膀，把我揽在怀里，我隔着一层衣服吸取奶奶的温暖。身上很快就暖和了，但脚掌还冷。奶奶把我冻如冰块的小脚拿过去，夹在她的两腿中间。奶奶的腿不但温暖，而且很有力，把我的脚掌夹得稳稳的。屋外寒风啸叫，冷雨噼噼卜卜地打在窗门上，我却在奶奶的温暖中睡着了。

我在奶奶的温暖中渐渐长大，读书、工作、结婚、有儿子。我有儿子的时候，奶奶已经七十多岁，头发几乎全白了，满脸皱纹。我不好意思再让儿子到奶奶的床上去打扰她。奶奶却不肯，她固执地说："快把小东西抱上我的床来。你敢瞧不起我！"

我拗不过奶奶，只好像二十年前父亲抱我一样，把儿子抱到奶奶的床上。我三岁的儿子，也像我小时候一样，贴在奶奶的身上，吸取奶奶的温暖。

又是一个严寒的冬夜，儿子醒过来喊我："爸爸，阿太不暖了。"

我赶紧去看奶奶。奶奶躺在旧式的木床上，确实不暖了。我摸她的脚，冰凉；摸她的身，也是冰凉。奶奶永远睡着了，再也不会醒来。

奶奶用她瘦小的身体，不但温暖了我和我的儿子，几十年前还温暖过我的父亲。奶奶温暖了三代人，我们却从来没有给过她一点温暖。我噙着眼泪，俯下身去，把奶奶冰凉的双脚久久地抱在怀里。

奶奶，让我温暖你一回吧。

把痛苦化作珍珠

我要到北海去。那里是盛产珍珠的地方，珍珠饰品物美价廉，姐姐、妹妹和邻居的女孩子，都托我在北海给她们买珍珠项链。

在北海，我参观了一个珍珠养殖场。那是一片平静的海面，悬挂网箱的浮标，一眼望不到尽头，浮标下挂着多少网箱、养着多少珍珠蚌，更没法数清。那天风和日丽，碧海蓝天，白云轻飘，养珠工人在如画的美景里"种珠"。所谓种珠，就是把一种像小石子一样的颗粒放到蚌的体内去，放一粒，就能收获一颗珍珠，一般每只蚌放四五粒。

我好奇地问同行的专家："这种毫不起眼的小颗粒，怎么会变成那么漂亮的珍珠呢？"

专家说："珍珠是蚌的结石。蚌无法把结石排出体外，为了保护自己，就分泌一种黏液，把结石一层层包起来，形成圆溜溜半透明的凝结物，这就是珍珠。天然的蚌是很少有珍珠的，就像人极少患结石病一样。我们现在是利用蚌的这种特性，人为地在它体内制造结石，让它生产珍珠。"

我对结石有刻骨铭心的体会。几年前，我患过尿道结石。那颗结石小如绿豆，却把我折磨得死去活来，痛不欲生。我有一百多斤重，被一颗绿豆大的结石折磨得够呛，一只蚌重量不到一斤，却要承受四五颗结石的折磨，而且每一颗都比绿豆大得多。蚌的痛苦，一定比我大几百倍。这样一想，我就对蚌有了深深的同情。

如果蚌有声音，我一定能听到它们的呻吟；如果蚌有情感，我一定能感受到它们的万千哀愁！

眼前的蚌，却默默无语，它们用神奇的体液，把痛苦化作美丽的珍珠。

人们在欣赏珍珠的美丽时，会想到蚌的痛苦吗？

我最后还是在北海买了几挂珍珠项链，带回家送给姐姐、妹妹和邻居家的女孩子。她们把珍珠项链戴在脖子上，互相欣赏，赞叹不已。

看见她们这么得意，我忍不住说："你们知道珍珠是怎样来的吗?"

她们好奇地问："是怎样来的?"

我就把蚌怎样忍受痛苦，把结石化作珍珠的事告诉她们。

邻居家的女孩感叹说："哎呀，不知道珍珠是这样来的。"她收起脸上的笑容，取下脖子上的珍珠项链。

姐姐却说："有些父母吃苦穿烂，甚至卖血送儿女读大学，还不是和蚌一样。"

姐姐的话使我深深震动。是呀，生活中有多少人像蚌一样，把自己的痛苦化作别人的美丽。

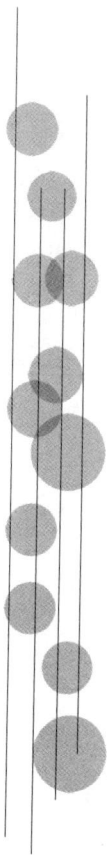

家乡的菜市

我的老家有个菜市，非常小，却很有名，频频在报纸和电视上亮相，因为它是无人售货的菜市。菜农早上把菜挑来，扎好，标明价格，旁边放一个装钱的竹筒，就可以回去干活了，晚上来收钱，一分也不会少。据说，这种风俗跟街上的花街石一样古老，最少有四百年历史了。淳朴的民风令人啧啧称奇，慕名参观者络绎不绝。外乡人看过后，称赞这个菜市是"第一文明菜市"。

没想到，享誉四百年的菜市，今年却发生了巨变。先是麻面三婶发现菜钱短缺，她早上挑一百斤菜来卖，每扎一斤，标价五角，应得50元，可是晚上来看，竹筒里只有40元，少了十元。三婶嘀咕几句，并不声张，心想，也许碰巧有人身上没带钱，先拿菜，明天再放钱。

不料，第二天更惨，所有卖菜人的菜钱都不够，有的少二十元，有少三十元。最惨的是三婶，一担菜不见了，竹筒里却空空如也，一分钱没有。三婶坐到地上，大哭起来。其他菜农挽袖挥拳，破口大骂。他们怀疑是菜市旁边的住户偷拿了菜，就故意对着那些人的窗户叫骂。虽然没有指名道姓，可窗户里的人还是坐不住了，一个个开门出来，以更大的声音助骂："哪个没良心的拿了人家辛辛苦苦种出的菜？天收地灭！吃了偷拿的菜烂肠烂肺！"他们用恶毒的叫骂表明：菜绝对不是我拿的。那么菜是谁拿的呢？总不至于自己生出翅膀飞到天上去吧？骂过以后，疑团依旧未消，你怀疑我，我怀疑他，可惜没有证据。

第三天，买菜的人多了个心眼，拿菜的时候，特意向周围人喊："各位看着，我拿一扎菜，五毛钱，已经放进竹筒里了。"

可是到晚上，菜农来收钱，依旧说钱不够，又骂起来。白天买过菜的人赶紧找证人，证明他买菜时已经放够了钱。证人却说："菜那么大一扎，我看见你拿了；钱那么小一点，又隔得太远，你放没放，我实在看不清楚。"

结果不但作证不成，双方还闹起来，先动嘴后动手，弄得鼻青脸肿。

第四天，菜市上照样摆满了青菜，物美价廉，可是没有一个人敢去买了，都怕惹上"偷菜贼"的罪名。人们宁肯走十里路，到城里去买。结果，从早到晚，全市没有卖出一扎菜，竹筒里自然也没有一分钱。菜农只好把菜挑回去，互相说："现在没有可信任的人了，以后还是亲自来卖菜吧。"

从此以后，我老家的菜市跟别的菜市毫无区别了，每一担菜旁边都守着一个卖菜人。外乡人再来参观菜市时，纷纷摇头叹息，好像丢失了什么宝贝似的。

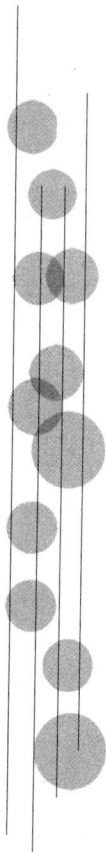

鞋 子

张大婶的鞋子破了，破到她自己无法补好，不得不拿去修鞋摊补。可是修鞋师傅说："你的鞋太破了，我没法补，你还是买一双新鞋吧。"

张大婶说："买一双新鞋最少要十几块钱，够我儿子买好多练习本了。"

修鞋师傅问："你儿子读几年级了？"

张大婶说："我儿子就在这个城里读大学，要好多钱。不瞒你说，我原来是在乡下种地的，因为没钱供儿子读大学才到城里来找活干。"

修鞋师傅问："你现在干什么活？"

张大婶说："捡破烂卖，比在家里种地好一点。"

修鞋师傅感叹说："可怜天下父母心啊！"结果他不但帮张大婶补了鞋子，还不收她的钱。

补好鞋子，张大婶又去捡破烂了。今天她打算送钱给儿子，所以顺着河堤一路往下游捡，她早已问清楚了，儿子的学校就在下游的河边。捡到中午，张大婶果然在河边看见了一所很漂亮的学校。她向路边的行人打听，确认这所学校正是儿子读书的大学后，就把一袋垃圾卖给附近的废旧回收店，然后向学校门口走去。

守门的保安却拦住张大婶，不让她进去。张大婶说："我儿子在里面读书，我来看我儿子。"

张大婶说出儿子的名字和年级，保安才将信将疑地打电话进去询问。打完电话，保安就笑着说："你拿着那个破袋子，我还以为是小偷呢。快把袋子收起来，进去吧。"

张大婶把装破烂的袋子卷结实，藏到衣服里面去，又拍一拍衣裤上的尘土，才小心翼翼地走进校园。

校园里有很多学生，他们刚吃完午饭，说说笑笑，好像一点烦恼也没有。张大婶问了好几个人，才找到儿子的宿舍。刚走到宿舍门口，张大婶就听到

儿子的声音了。张大婶最喜欢听儿子的声音，特别是在儿子上了大学后，一听到儿子的声音，她就有使不完的劲。

儿子在宿舍里和别的同学比赛，一边比还一边数数，张大婶想：他们一定是在比考试成绩。比赛结果是张大婶的儿子得第一，儿子高兴得叫起来。

张大婶也为儿子高兴，她一步跨进门去问："秋宝，你是不是考试得了第一名？"

宿舍里立刻安静下来，张大婶的儿子吃惊地问："妈，你怎么来了？"

张大婶说："妈到城里干活了，我送钱来给你。秋宝，快告诉妈，是不是考试得了第一名？"

儿子说："不是。"

张大婶问："那你们刚才比什么？"

儿子低头不说话，旁边的同学替他回答："我们刚才在比谁的皮鞋多，你儿子总共有 18 双皮鞋，他得了第一名。"

张大婶这才看到宿舍的地上摆满了皮鞋，她眼前一黑，差点昏过去，幸好扶住了墙壁，才没有摔倒。张大婶的儿子赶紧把皮鞋收起来。

张大婶好不容易从怀里取出一把零零碎碎的钱，颤巍巍地递给儿子说："这是 160 块钱，每一分都是妈的血汗，记住，只能用来买饭票、书和练习本，千万别买皮鞋。"

张大婶一刻也不想多留，把钱给了儿子，她就踏着一双补了又补，已经辨不出原来颜色的胶底布鞋，步履沉重地向学校门口走去。

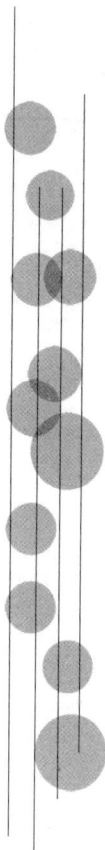

门口的垫子

我高中时候的同学王劲松，在全市围棋比赛中得了冠军。我一直想学围棋，苦于没有良师，就问他愿不愿意收我为徒。王劲松说："没问题，你马上过来。"

那时正下着雨，我来到王劲松家时，已是两脚泥水。我叫王劲松拿块布来给我擦擦鞋上的泥水，他丢给我一个破麻包。

我擦过鞋后说："干脆把这个麻包放在门口垫脚吧。"

王劲松说："行。"

放好麻包，我才进门学围棋。王劲松说："下围棋首先要有大气。"

我问什么是大气，他说："大气就是全局观。下棋就像打仗，不能太计较小范围的得失，否则就会打下城池，丢掉江山。"

王劲松就着棋盘比画，说得头头是道，很像一个指挥大战役的将军。

学了两个多小时围棋后，我才告辞回家。王劲松送我到门口。我忽然发现对门那家人也在门外面放了一块麻包垫脚，是新麻包。

我指指那家人的麻包说："看，他家也放了一块麻包垫脚呢。"

王劲松撇撇嘴说："学得真快。"

第二天，我又到王劲松家学围棋，看见他已经把门外那块破麻包拿掉，换上了一块正规的脚垫。垫子很新，看样子是刚从商店买的。

有意思的是，我学完围棋回家时，发现对门那家人也换了新垫子，而且比王劲松家的新垫子高级得多。我踢一踢那块高级的新垫子说："这家人真有意思。"

王劲松说："摆什么阔？一块垫子，难道我买不起？"

此后我每天都到王劲松家学围棋，可比围棋更吸引我的，是两家人门口的脚垫子。两家人较上了劲，天天换新垫子，都要压倒对方，有点像冷战时代的美苏军备竞赛。

一个星期后，两家人门外的脚垫子都高级得不能再高级了：天鹅绒的面料，四周绣着花边，唯一的区别是王劲松家的垫子是红色的，对门那家的垫子是咖啡色的。

我最后一次去王劲松家学围棋时，看见一个小孩子在玩两家的脚垫子。我说："小朋友，不准乱动，快放好。"

小孩子赶紧放好垫子，可是他弄错了，把王劲松家的垫子放到对方的门口，把对门邻居的垫子放到王劲松家的门口。

我很想知道调换垫子后两家人会有什么反应，就没有敲王劲松的门，而是跟着孩子上楼去。

没一会儿，我就听到王劲松在楼下和邻居吵架。王劲松高声叫："哪个不要脸的？拿这种水货来换掉我的高级垫子？"

他的邻居声音更高："好你个王劲松，竟敢偷偷换我的垫子。你这种破东西，别放衰了我的门口！"

吵着吵着，一块红色的垫子就从楼里飞出来，"扑"一声掉在水沟里，紧接着是一块咖啡色的垫子飞出来，也"扑"一声掉在水沟里。

我实在弄不明白，那位高谈大气的围棋高手，怎么会有这么小气的一面呢？我知道这不是围棋的错，可还是对学棋失去了兴趣，此后就不去王劲松家了。

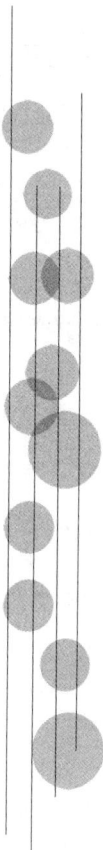

厕所革命

林雪梅带三岁的女儿去公厕方便，发现女厕人满为患，要排队进去，男厕却无须排队，就说："丽丽，你到隔壁那边小便吧。你爸爸在那边。"

回家后，丽丽问："妈妈，女人为什么不站着小便？"

林雪梅训斥说："不准问这种下流话！"

丽丽翘起嘴说："要是女人也和男人一样站着小便，就不用排队了。"

女儿的话一下子提醒了林雪梅：在同一个公厕，为什么女人要排队，男人不用排队呢？原因只有两个，一是男女生理不同，男人站着小便，不但速度快，占的空间还小，女人则要蹲下小便，速度慢，占的空间也大；二是公厕的构造有问题，按照生理特征，女厕所应该比男厕所大才对，而现实中恰恰相反，几乎所有的公厕都是男厕比女厕大三分之一。

林雪梅的丈夫是建设局长，全市的公厕都归他管。林雪梅叫丈夫快点改造公厕，丈夫却推诿说："这要市长批准。"

林雪梅索性给市长写了一封信，反映公厕不合理的问题。可是信寄出两个月后都没有回音，丈夫嘲讽说："你的信八成到废纸篓里了。"

有一天，市长到建设局视察，建设局要请市长吃饭。林雪梅叫丈夫请市长来家里吃饭。中午，市长真的到林雪梅家里吃饭，同来的还有十几个人，吃饭时要开两桌。林雪梅在一张小桌上放一个牌子，牌上写着"男士专桌"四个字，在大桌上也放一个牌子，牌上写着"女士专桌"。

大家莫名其妙，都看着林雪梅。市长说："客随主便，男士都到小桌这边来。"

男人共有十个，围坐在小桌旁，挨挨挤挤的。女士连丽丽在内只有六位，坐在大桌旁，宽宽松松。大家心里都不舒服，林雪梅却满面笑容地向市长敬酒。

市长喝了一杯后问："小梅同志，你可以告诉我十个男士一小桌，六个女士一大桌的理由吗？"

林雪梅说："市长啊，我是向您学习，搞一回性别歧视。"

市长说："噢，我搞性别歧视？怎么讲？"

林雪梅说："您是一市之长，市里的公厕归不归您管？"

林雪梅的丈夫插话说："现在是吃饭时间，不要讲公厕，影响食欲。"

市长说："没关系，我愿意听。"

林雪梅就把女儿的发现和自己对厕所的看法，一股脑儿全倒出来，最后说："我仔细调查过了，根据男女人口比例、生理的特点、如厕的速度、占位的大小计算，刚好是倒过来，女厕占三分之二，男厕占三分之一才合理。"

一屋人都看着市长，林雪梅的丈夫更是提心吊胆，生怕市长发火，市长却说："惭愧啊！我们男同志竟占了几十年女同志的厕所。"又过来抱起丽丽，在她的小脸蛋上亲一口说："小朋友，你发现了一个人人熟视无睹的问题，不简单呀。我向你保证，两个星期内，一定把男士多占的空间退还给你们。"

半个月后，全市的公厕果然按女三分之二、男三分之一的比例改造好了，市民们说这是一场厕所革命。这项工程成了"以人为本"的典范工程。

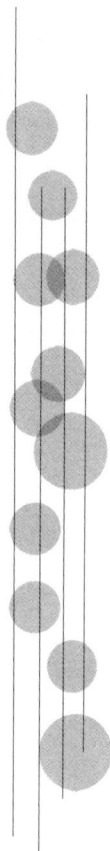

根　雕

　　周局长发现办公桌上有一个根雕，就问是谁的。刘秘书说："我已经问过所有人了，大家都说不知道是谁的。"

　　也许是外面的人来办事，把这个根雕遗忘在桌上了。根雕的造型是一只雄鹰，栩栩如生，是个不错的艺术品。原以为失主不久就会回来取的，可是直到两个星期后，这只雄鹰还一动不动地站在办公桌上。周局长想，再过两天还没有人来取，我就拿回家摆到书架上去。

　　好像有人故意跟周局长作对似的，第二天，办公桌上的雄鹰不见了。周局长问是不是外面的人来取走了，刘秘书说这两天都没有外面的人来过。周局长想问是不是刘秘书拿走了，可话到嘴边又咽了下去。

　　这间办公室只有周局长和刘秘书有钥匙，周局长猜测，那个根雕可能是刘秘书拿走了。为了印证自己的猜测，周局长借故到刘秘书家里看看，果然发现那个根雕已经摆在刘秘书的书架上。周局长心里很不舒服。

　　不久，上级部门准备提拔刘秘书，派人来考查，征求周局长的意见。周局长对考察的人说："刘秘书工作能力不错，就是品质太差，自私自利，爱贪小便宜。"

　　结果，刘秘书提拔的事就泡了汤。此后组织部门还来考查过刘秘书好几次，每一次周局长都说他自私自利，爱贪小便宜，刘秘书就一次次和提拔擦肩而过。周局长自己更不会提拔刘秘书。

　　十年后，周局长退休了。办好退休手续后，他把办公桌彻底清理一次，意外地从办公桌最底下的那个抽屉里翻出一个根雕来。根雕的造型是一只雄鹰，栩栩如生，只是两只翅膀都被虫蛀得快断了。周局长这才知道，自己20年来一直错怪了刘秘书！

　　周局长捧着根雕愣了好一会，刘秘书问："局长，你怎么了？"

　　周局长回过神来说："没什么，只是想起了一些旧事。"

　　周局长偷偷瞥一眼刘秘书，发现他的头发都花白了。

轮流上当

刘二带几个托儿来到市场边，设局骗钱。道具再简单不过了，两粒瓜子一只碗。刘二把两粒瓜子丢在地上，用碗盖盖揭揭，嘴上喊："猜瓜子发财，猜瓜子发财哩！"

几个托儿围在刘二身边，问他怎么猜。刘二说："碗下盖有多少粒瓜子，猜中你赢，猜不中我赢。"

托儿看见围观的人渐渐多起来，就下注猜瓜子，屡猜屡中，一会儿就赢了上百元。围观的人眼红了，也纷纷掏钱要下注。一个中年妇女拨开众人说："我先下，我先下。"

刘二看中年妇女的穿戴，知道她是有钱人。这种人自高自大，以为自己聪明过人，其实弱智得很，是骗子最理想的衣食父母。刘二暗暗高兴，就说："让这位大姐先猜。"

中年妇女先赌 30 元，赢了；再赌 50 元，又赢了。刘二输了两盘后，恼怒地训斥托儿："都是你们挤这么紧，碍手碍脚的，害我连输两盘。"

刘二把托儿和其他人往外推一推，腾出更大的空地，挑衅问："敢不敢下大注？"

中年妇女问："下多大？"

刘二翻一翻眼皮说："五百元。"

中年妇女很不屑地说："五百元也叫大注？"

刘二试探问："大姐，那你说，下多少？"

中年妇女说："我先看身上带有多少钱。"

她打开小包，掏出一大把钱来，数一数，竟有一万多元。中年妇女握着钱问："下一万，敢不敢？"

刘二还从没见过这么大方的顾客。我的姑奶奶，你真是我的财神爷。他激动得双手微颤，瓜子和碗都有点不听使唤了。

刘二掏出一万元，迫不及待地放到地上。中年妇女也把一万元放下来，可那钱刚一着地，她又拿回去说："要不这盘先赌两千，下盘再赌大的。"

众人都想看一次豪赌，见中年妇女退缩，就一齐笑她胆小。中年妇女训斥说："谁胆小？我只是要再试一盘，看今天运气好不好。一万元算什么？一次十万老娘还玩过！"

刘二生怕中年妇女收手，赶紧安抚她："大姐，别跟他们一般见识。来来来，就依你，这盘先下两千，下盘再赌大的。"

中年妇女怒气未消，很随意地把两千元丢在地上，看她的神情，好像丢下的只是几毛零钱。刘二用碗盖瓜子时，真想把一粒瓜子飞快地夹到手指缝里，这是他百夹百中的谋生绝招。可想到后面还有一万元，他还是忍住了，不能因小失大。

结果，这盘中年妇女又赢了，刘二的两千元到了她的小包里。刘二哭丧着脸说："我怎么这么倒霉？不玩了，不玩了。"

根据刘二的经验，他装得越痛苦，对方就越高兴，他越说不玩，对方就越要玩。他等中年妇女下一万元，中年妇女却说："不玩就不玩。"掉头就走。

刘二急了，一把拉住中年妇女说："大姐，你不能走呀。"

中年妇女挣脱刘二的手，冷笑说："去年我被这种把戏骗过一回，今年该轮到耍把戏的上当了。"

匣里黄沙贵似金

刘大海搭上一辆过路的客车，刚坐稳屁股，就有两个强盗抽出寒光闪闪的匕首喊："不许动，谁动杀死谁！"乘客们吓得不敢动弹，听任强盗把身上的钱搜走，刘大海身上的钱也被搜走了。

离刘大海不远，有个老头，他怀里抱着一个铁匣子。不等强盗搜身，老头就主动把钱掏出来，看那厚厚的一叠，最少有两千元。强盗得了一大叠钱还不满足，要老头把铁匣子也交给他们。

老头说："这铁匣里装的是泥沙，对你们没有用的。"边说边把铁匣护得更紧。

老头不给，强盗就硬抢。老头以铁匣子为武器，跟强盗搏斗，边打边喊："大家一块上啊！"

众人见一个老人都这么勇敢，胆子大壮，纷纷扑向强盗。强盗见势不妙，赶紧跳窗逃跑。

一会儿到了车站，刘大海要换乘另一辆车回家，幸好他在鞋子里还藏有一百元，买车票不成问题。那个老头也在这里转车，他的怀里依旧抱着铁匣子。买了票，刘大海和老头一块到候车室等车。经过车上的劫难后，两人亲近了许多。刘大海上厕所时，把包交给老头帮看管；老头上厕所时，也把铁匣子交给刘大海帮看管。

刘大海随口问："大叔，你这铁匣里是什么东西？"

老头说："泥沙。"

如果里面是泥沙，老头怎么会拼着命保护这个铁匣子？在车上说是泥沙，骗骗强盗就罢了，对我也说是泥沙，这不是把我当贼防吗？老头上厕所后，刘大海越想越不高兴。他妈的，既然老头把我当贼，那我干脆就做一回贼吧。想干就干，刘大海拿起铁匣子就出了候车室，为了迷惑老头，他故意把自己的包留在椅子上。

　　刘大海往城外逃跑，一直逃到一条小河边，看四下无人，才拿起一块石头，迫不及待地砸开铁匣。刘大海料想里面是金条一类贵重东西，可是砸开铁匣后，他傻眼了：里面除了一小包黄色的泥沙，什么东西也没有！

　　老头怎么会舍命保护一捧泥沙呢？刘大海不死心，他用水把泥沙洗了又洗，希望能洗出金子来。可这捧泥沙和平常的泥沙没有任何差别，就是洗一辈子，也不可能有一丁点金子。刘大海一气之下，把泥沙扔到了河里。

　　刘大海留在候车室的一包东西，最少值两三百元，他后悔不已，立刻赶回车站。两个警察等在候车室里，把刘大海抓个正着。

　　老头还坐在椅子上。刘大海把铁匣子丢给老头，嘲笑说："你真行，为一把泥沙，竟叫来了警察。"

　　老头看一眼铁匣，吃惊地问："里面的泥沙呢？"

　　刘大海撇撇嘴说："扔到河里了。"

　　老头惊叫一声："你还我泥沙！"扑上来撕扯刘大海。

　　刘大海使劲推开老头，莫名其妙地问："不就是一把泥沙吗？有什么大不了的？"

　　老头忽然蹲到地上，呜呜地哭起来，边哭边说："你懂个屁！那是我从老家水井里挖的泥沙，叫乡井土，看见它，就像看见我的老家。听说乡井土还能保佑一家人世代平安。这把泥沙是我的命根子啊！"

　　刘大海不解地问："哭什么呀？等你回老家时，再到井里挖一点不就行了？"

　　老头哽咽着说："我的老家已经淹没在三峡水库下面，永远回不去了。"

耻 辱 奖

邻居的小孩考试得了一百分，他们一家高高兴兴的，大人比赛似的奖励那个考得满分的孩子。我也多么想奖励一回我的儿子，可我的儿子已经有两年没考上70分了，这回更糟，没有一科及格。

我软硬兼施，用尽了所有的办法，儿子的成绩就是上不去。正在我准备放弃的时候，忽然得知有的国家每年都颁发最差电影奖。我灵机一动，把儿子叫过来说："隔壁的阿军年年都得奖，你却从来没得过奖，我也奖励你一回吧。"

儿子吃惊地问："爸爸你说要奖励我？"

我郑重地说："对，给你发奖状，还有奖金。要不要？"

儿子高兴地说："要。"

我说："不过，你必须把奖状贴到墙上。"

儿子一口答应："我一定贴到墙上。"

我真的买了一张奖状，写上"杨小明同学本学期各科成绩平均下降15分，特颁发成绩下降奖，奖金20元"。我给了儿子20元钱，叫他把奖状贴到墙上去。

儿子看看奖状，哭笑不得地说："爸爸，你怎么写这个？"

我问："写得不对吗？"

儿子苦着脸说："对。"

"那就快贴到墙上去吧。以后成绩下降还有奖。"

儿子的成绩果然继续下降，我也不食言，一次又一次给儿子颁发奖状和奖金。不但期末考试发奖，期中考试、单元测验、甚至做错作业，都有奖。不到半年，墙上就贴了十几张奖状，除了"成绩下降奖"外，还有"笨蛋奖"、"丢人奖"……

有一次，儿子的作业全部做错，我毫不迟疑地给他颁发了"耻辱奖"。

过年的时候，儿子问我能不能把墙上的奖状揭下来。我说："不行。奖金你已经拿了，奖状就要贴在墙上。"

新年里，我家来了许多亲朋好友。每一个人看了墙上的奖状，都问我的儿子怎么会得到这种奖状。儿子很难为情，最后竟被问得哭了，躲到房里不敢再出来。

客人走后，儿子无论如何要撕掉墙上的奖状。我拦住他说："要撕掉这些奖状，只有一个办法，就是提高成绩，每提高五分撕一张。"

过完新年，又开学了。有一天，我在路上碰见儿子的班主任刘老师，他跟我说："你儿子这个学期像换了个人，学习可用功了，还一个劲地问我什么时候考试。"

我孤注一掷的努力，终于收到了效果。

玩耍补习班

女儿放学回到家，很郑重地对我说："爸爸，我要参加刘老师的补习班。"

刘老师教女儿的语文，在家里开有个补习班，星期天上课，一个学生每个月只收20元，不算贵。可是，女儿的成绩非常好，尤其是语文，好几次得过全年级第一名，哪里还用补习？

我自然没有批准女儿去刘老师家补习，小家伙翘起嘴，不理我。我以为过两天就好了，没想到，女儿竟发动妈妈、爷爷、奶奶、叔叔和姑姑，一块来当说客，要我送她去刘老师家补习。大家都说，难得女儿这么喜爱学习，千万不能挫伤她的积极性。

既然大家都这么说，我只好替女儿交了钱，让她去刘老师家补习。

此后，一到星期天，女儿就高高兴兴地去刘老师家补习，再高高兴兴地回来，那神情就像过年一样。奇怪的是，在家里，女儿一写作业就皱眉头。如果作业太多的话，还要我坐在旁边压阵，她才能完成作业。刘老师有什么灵丹妙药，能让女儿这么高兴？

有一个星期天，我闲来没事，就到刘老师家看看。没想到，刘老师家大门紧闭，家里根本没人。邻居告诉我，刘老师带学生玩耍去了。我问："刘老师不是办补习班吗？怎么带学生去玩耍呢？"

邻居掩嘴偷笑，我问他们笑什么，邻居说："刘老师是骗人的，他办的哪里是什么补习班，简直就是玩耍班，在家里玩，在外面玩，都快玩疯了。我们这么近，都不敢把孩子交给他。"

邻居的话让我吓一跳，我赶紧问他刘老师带孩子们去哪了。邻居说："八成是到河边去了。"

我赶到河边，果然看见一大群孩子在河边捉虫扑蝶摘野花，玩得欢蹦乱跳，刘老师坐在一块大石头上，得意地看着孩子们，就像牧人看着羊群。我客气地问刘老师是不是带学生出来采风写作文。刘老师反问我："干吗一定

要写作文，玩玩不行吗?"

我终于生气了，责怪说:"我交钱给你，是让孩子来跟你学习的，不是来跟你玩耍的。玩耍谁不会? 我何必要浪费钱?"

刘老师也不恼，他笑着问:"对，玩耍谁都会，可一个学期有 20 个周末，总共 40 天，你让孩子玩耍过多少天呢?"

"这……"我一下子答不上来，记忆中每个周末都是督促女儿看书学习，好像没一天玩过。

刘老师看透了我的心思，他站起来说:"现在我们一天到晚，只知道让孩子学习，不知道孩子还应该玩耍，等到孩子长大后，回忆起童年时，只有一个字:累。很多孩子因此患上忧郁症，有的还离家出走。玩耍是孩子的天性，孩子有权享受快乐的童年，这是和学习同样重要的。老实说，我办的其实是玩耍班，就是把孩子被夺走的快乐，再还给孩子们。"

刘老师的话，让我觉得太对不起女儿了。我让女儿继续留在刘老师的玩耍班，因为在家里，我会忍不住又逼她学习，夺走她的快乐的。

一 分 钱

阿海去学校时，从市场头经过，他看见地上有一分钱，就弯腰捡起来。阿海刚把钱捡到手里，一个戴红袖箍的中年男人就跑过来喊："乱丢垃圾，罚款20元！"

阿海赶紧解释："不是我丢的。"

红袖箍一口咬定："肯定是你丢的垃圾，要不你怎么会捡起来？"

阿海把小小的纸币举起来："这不是垃圾，是钱。我放学从这里经过，看见地上有一分钱，就捡起来。喏，我把钱交给你了。"

阿海把钱递给红袖箍，红袖箍不接，冷笑说："我管这里好几年了，还没见过捡一分钱的人，你骗不了我。"

别说红袖箍不相信阿海会捡一分钱，连旁边摆摊的人也不相信。有一位卖香蕉的阿姨，轻轻拉一下阿海的衣袖，小声提醒道："小伙子，前两天我和你一样，见一分钱没什么用，就随手丢在地上，结果被罚了40元呢。你今天算是走运的了，还不快点认罚，等人家敲你40元啊！"

阿海委屈地说："阿姨，这分钱真的不是我丢的，我只是把它捡起来。"

"不是你丢的，那你捡它干啥？"卖香蕉的阿姨感到莫名其妙。

"这是钱啊，见到钱怎么能不捡呢？"阿海一脸严肃，旁边的人却哈哈大笑。

红袖箍也被逗笑了，他拍一拍阿海的肩膀，格外开恩地说："这样吧，我让你拿这分钱去买东西，你可以试三个摊，只要你能买到一丁点东西，我就相信你的话。"

阿海不信有钱买不到东西，他当即走向一个水果摊，想用这分钱买一只最小最难看的桃子。摊主看一眼阿海手里的一分钱，就把那只烂桃子丢过来说："买啥？送给你吃了。"

"那怎么行？"阿海郑重地把那张小纸币递给摊主。

摊主好像被黄蜂蜇了一下，飞快地缩手说："快拿走，快拿走。"

阿海疑惑地问："你干吗宁愿送桃子给我也不收钱？"

摊主说："这么多人看着，收了你这分钱，我就被人家当成笑料了，以后还怎么做生意？求你快点走开。"

阿海一连试了三个摊位，那分钱都没有用出去。红袖箍得意地说："看，你捡的就是一张垃圾。小伙子，乖乖认罚吧。"

阿海指着墙上的管理条例说："条例上只说丢垃圾要罚款，没说捡垃圾也要罚款。"

红袖箍真的生气了，眼睛一瞪："不是你丢的，你捡它干啥？"

绕了一个大弯，又回到这个问题上。阿海无法让红袖箍相信这分钱不是他丢的，这时候快上课了，他没有时间再耗下去，只好掏出20元钱认罚。阿海忍不住流下泪来，他不是心疼钱，实在是太委屈了。

红袖箍正要撕罚款单，一个卖西瓜的老头忽然说："等一等。"

大家一齐望向卖西瓜的老头，不知道他要干什么。只见老人捧起一个大西瓜，走过来，放到阿海的怀里说："孩子，把你捡到的钱给我，我卖这个西瓜给你。"

阿海把那分钱交给老人，双手抱过西瓜，激动地说："爷爷，谢谢您！"老人接过这张小小的纸币，在众目睽睽之下，郑重地放到钱包里去，意味深长地说："这是钱，不是垃圾。"

红袖箍看呆了，终究没有撕下罚款单。

丑妞的理想

我发觉班上学生的想象力太差，就特意让学生写一篇想象作文，题目叫《二十年后我要做什么?》。尽管我反复强调必须充分发挥想象力，可轮到学生写的时候，还是咬笔头的多，埋头写作文的寥寥无几。我只好改变方法，让学生先口头说一说。

有个叫黄云的女生，脸上有块疤，很难看，同学们都叫她丑妞。丑妞是学习尖子，想象力也不错，我就请她打头阵，首先说一说自己20年后想干什么。我希望丑妞能开个好头，她的话却令我大失所望："20年后，我要装一盏路灯。"

丑妞的话引得哄堂大笑。人家的理想是二十年后开航天飞机，丑妞却要装一盏路灯，难怪同学们笑她。丑妞却生气地说："笑什么笑? 我还没讲完呢。"

我想叫丑妞别讲了，又怕损伤她的自尊心，就礼貌性地叫她快点讲。丑妞抿一抿嘴说："我有个姑姑，长得可漂亮了。"

我终于忍不住了，打断她的话说："别把你姑姑扯进来，说你20年后的理想就行了。"

丑妞一本正经地说："老师，我的理想是和我姑姑有关的。"

我只好耐着性子说："那你快说，简短点。"

丑妞接着说："有一天晚上，姑姑带我回家。走过一段黑路时，几个坏人从路边蹿出来，把我姑姑糟蹋了，我的脸也是那时候被坏人砍伤的。"

丑妞摸摸脸上的伤疤，好像还在回忆那天晚上的惊险一幕。同学们鸦雀无声，我关心地问："你姑姑后来怎么样了?"

丑妞说："我姑姑后来疯了，天天躲在房里不敢出来，看见人就惊叫。"

我们都替丑妞和她的姑姑难过。有个同学轻声问："这和你装路灯有什么关系呢?"

丑妞眼里噙着泪水说："装一盏路灯，把那段路照亮，坏人就不会躲在那里了。"

我和同学们都被丑妞的理想深深感动了，我郑重地说："不用等 20 年，下课后，我们一块去装路灯。"

我原以为，装一盏路灯是轻而易举的事，没想到还要经过城管和电力部门层层申请，处处碰壁。最后惊动了一位大领导，才在那段小路旁，添加了一盏路灯。

装上路灯那个晚上，我和许多同学早早来到那盏路灯下，看它第一次照亮小路。丑妞也来了，看见路灯亮起来，她笑着对我说："老师，谢谢你让我提前实现理想。"

我真诚地说："应该感谢的是你，如果没有你，我至今还不知道，装一盏路灯也是美好的理想呢。"

上帝的难题

有一个中年男人，正直善良，做了无数好事却百病缠身。深夜里，中年男人被病痛折磨得睡不着觉，起床吃药后，忍不住临窗叹息："老天啊，都说善有善报，我做了那么多好事，却为什么落到这种地步啊！"

上帝听到了中年男人的叹息，站在云端对他说："你确实是个好人，应该得到善报，我这就为你实现三个愿望。好人，请你许愿吧。"

中年男人喜出望外："上帝，请让我百病全无，身体健康。"

上帝弹一弹手指，一滴水珠凌空飞下来，轻轻地落在中年男人的掌心里。上帝叫他把水珠抹在额头上，中年男人只一抹就全身舒坦，所有的疾病烟消云散。

中年男人兴奋极了："上帝，谢谢您！我的第二个愿望是让母亲也没有疾病。"

上帝说："你真是个孝子。"依旧轻轻弹一下手指，又一滴水珠落到中年男人的掌心里。中年男人赶紧跑到母亲的房里，趁水珠没干，飞快地涂到母亲的额头上。卧病多年的母亲伸一个懒腰就下了床，什么病都没有了。

中年男人跑回窗前，要许第三个愿。上帝提醒说："这是最后一个愿望，你可得想清楚，最需要的是什么。"

中年男人想了一会儿，郑重地说："我现在最需要的是家庭和睦，我的妻子跟我母亲已经整整十年不讲话了。上帝啊，请您让她们和好吧。"

上帝没想到中年男人提出这种要求，他在天上愣了好久，惭愧地说："唉，这事儿我也无能为力，不瞒你说，我的妻子跟我母亲已经五百年不说话了。咱们同病相怜吧。"

我的裸体照

我到山里看望表哥，发现他家墙壁上有个相框，里面有许多照片，其中一张照的是两个赤条条的小伙子，各拿一片树叶遮住私处。

这两个裸体人是谁？我戴上眼镜仔细辨认，天啊，这两个不知羞耻的家伙竟然是表哥和我！

我的第一反应是赶快把裸体照拿走。可我还没来得及下手，表哥就进来了。我问表哥这张照片是从哪得到的，表哥诧异地说："是你给的呀，你怎么忘了？这张照片还是你十几年前在这里照的呢。"

经表哥提醒，我才记起，十几年前，我曾在表哥家住过几天，还带来一个破相机。那时我只有十五六岁，正是贪玩的年龄。山下有一个小水库，我和表哥整天到水库里撑竹排，捞鱼戏水。这张裸体照，大概就是那时候拍的。

表哥说，这张照片是我和他唯一保留下来的合影，他要好好珍藏。

这天晚上，我做了一个梦，梦见自己一丝不挂，手里拿着一片树叶，左遮右挡，男男女女对我指指点点。我羞愧难当，一阵风刮来，把我手里的树叶也吹走了。

梦醒后，我就悄悄起来，把相框里那张裸体照取出来，藏到贴身的衣袋里。

第二天早上，表哥就发现那张裸体照不见了。他怀疑是儿子小虎干的，揪住小虎的耳朵问："快说，你把我和表叔合照的那张相片拿到哪去了？"

小虎疼得大叫："哎哟，我没拿。"

表哥挥手给了儿子一巴掌："你一天看三回，你不拿谁拿？"

我赶紧跑过去劝解："别打孩子，有话好好说。"

"表弟你不知道，这小东西皮厚，不打不说实话。"表哥捡起一根小竹棍，劈头盖脸向儿子打去。

小虎躲到我身后哀叫："表叔救我！表叔救我！"

我一把夺过竹棍："别打了，那张照片是我拿的。"

"你拿的？"表哥愣了一下，"你干吗要拿？"

我扔下竹棍，实话实说："照片上的我一丝不挂，太丢人了。"

表哥疑惑地问："可当初你说这张照得最好啊，怎么会丢人呢？"

我不明白当年为什么会拍这种照片，就含含糊糊地说："那时候跟现在不同。"

表哥上下打量我，忽然拍着脑袋说："我懂了，你现在当了干部，不能像以前那样光着身子了。你看我真够笨的，怎么没想到这一层呢？竟把你光身子的照片摆出来，让你丢丑。"

我赶紧解释："表哥，你误会了，这跟当干部没有关系。"

"怎么没关系？"表哥一脸诚恳地说，"如果我当了干部，也会把光屁股的照片藏起来的。听说朱元璋当了皇帝后，谁敢再提他当和尚的丑事，他立马砍谁的头。表弟，我不是故意让你丢丑的，你可不能怪表哥啊！"

见表哥越说越离谱，我就岔开说："别提这事了，你带我到山上转转吧。"

走在山上时，表哥像换了个人，对我毕恭毕敬，在前面为我开路，挡荆棘，我的衣服稍稍被挂一下，他就着急得不得了。那个亲密随和的表哥，一下子不见了。我很后悔拿了那张裸体照，在我和表哥之间挖了一条深沟。

从山上回来后，我把那张裸体照放回到相框里。可是表哥马上把相片取出来，惶恐地说："表弟你干啥？"

我诚恳地说："这张照片本来就是你的，还是你保管吧，最好是放到相框里去。"

表哥点点头："这是我最喜欢的照片，老实说，我还真舍不得取出来。可放进去，又让你丢丑。"他看看我，又看看裸体照，忽然叫起来："有了，我有办法了。"

表哥拿出一支笔，像姑娘绣花一样在裸体照上小心翼翼地描画。一会儿，表哥就画好了，他将照片重新放回相框里，兴奋地说："不丢丑了，不丢丑了。"

照片上的我，从脖子以下已经被表哥画的衣服遮得严严实实，表哥却依旧赤裸着身子。我和表哥之间又多了一层隔膜，再也不能回到从前了。

开在脚底的花朵

这是一个平常的批斗会。

秦河被押上批斗台的时候，发现妻子也站在台上，脖子上挂着沉重的牌子，正低头认罪。妻子是个爱打扮的人，如今却披头散发。太阳很毒，晒得她汗流满面，零乱的头发被汗水濡湿了，斜贴在额头上。

自从被隔离审查后，秦河整整两年没见过妻子了，想不到两年后的重逢，竟在这样的场合。

"阿芳！"秦河怜爱地呼唤妻子的小名。

阿芳抬起头来："老秦！"

秦河和阿芳对望一眼，还没来得及说第二句话，头上就挨了一家伙，一声闷响，一阵晕眩。可不能在妻子面前倒下，秦河抓住主席台的桌腿，硬挺着，耳畔却传来清脆的响声，无疑是大巴掌打在妻子的脸上了。

"别打她，打我。"秦河哀求。

回答他的，是那边更响亮的耳光，妻子的脸应该肿了。秦河不敢再出声，血，热乎乎的血，却不甘寂寞地从他的头上流下来，顺着胸前的木牌，滴落到台面上。

看着脚下的血迹，秦河油然想起傲雪的红梅，那是妻子最爱的花朵。读大学的时候，秦河就是用一幅《红梅傲雪》将阿芳追到手的，那浪漫的情景，已恍若隔世。今天正好是妻子的生日，秦河灵机一动，我干脆将血滴成梅花，送给妻子作生日礼物。

真是天意，原先落下的鲜血，正好滴成一长一短两条相连的曲线，如同一个树杈上自然生出的两根曲枝。

秦河开始在曲枝上作画，一滴血是一片花瓣，五滴血就成一朵梅花。他是画家，尤擅画梅，每一片花瓣都滴得饱满圆润，每一朵梅花都画得栩栩如生。没多大工夫，十几朵鲜艳的梅花，就怒放在批斗台上了。

秦河真想在梅花旁边，再滴几个字：祝你生日快乐！可想想刚才响亮的耳光，还是打消了这浪漫的念头，不能再连累妻子受苦。

让人可惜的是，批斗台是水泥板做的，在烈日下如烧热的铁锅，鲜血滴在上面，一会儿就干了。为了保持梅花的鲜艳，秦河一遍又一遍将鲜血滴在花枝上。

批斗会结束时，负责押送秦河的那个人惊叫起来："哎呀，这个老东西用血画了一枝梅花！"他无意中成了秦河和妻子的信使。

阿芳知道丈夫的梅花是画给她的，就挣扎着冲过来，两个大汉竟然拦不住这个弱小的女子。在两个大汉的拉扯中，阿芳一脚踩在梅花上。一个枪托，也同时砸在她的小腿上，阿芳的腿骨应声而断。秦河被押到台下去了，没有看见这惨烈的一幕。阿芳咬紧牙关，忍着剧痛，一声不吭，她怕丈夫听见伤心。

秦河回头望望，只看见一群穿黑衣服的人，裹挟着他的妻子，从批斗台上下来，渐行渐远。阿芳的声音，像利箭一样从那群黑衣人中间射出来："老秦，你送的梅花收到了，正在我的脚底开放！"

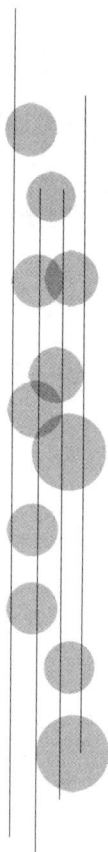

另一条路

　　我是在一所乡村学校读初中的，那时学校非常简陋，连宿舍都没有，每个学生都要早去晚归。我们村里有十几个学生，早上一窝蜂上学，傍晚一窝蜂回来，倒是挺热闹的。村里还有位李老师，也和我们学生一样早去晚归。

　　李老师天天带我们走大路，大路不但平整宽敞，而且距离短，从村里到学校只需一个小时。我的同桌瘦狗是个另类的人，走了几天大路后，就不和我们同行了，他从另一条小路去学校。

　　我们去学校是要过河的，只有大路上有桥，瘦狗走另一条路怎么过河呢？我问过瘦狗几次，他都不答，只是说："你跟我走一回就知道了。"

　　我很想知道瘦狗是怎么过河的，就准备跟他走一回小路。李老师劝阻说："大路不走走小路，你有毛病啊？"

　　我连忙解释："我想知道瘦狗是怎么过河的。"

　　李老师说："小路上没有桥，除了脱光衣服游水外，他还能怎么过河？你也想脱衣服？"

　　同学们哄然大笑，弄得我再也不敢生出走小路的念头。

　　我们依旧天天跟李老师走大路，瘦狗也天天走小路。我们对瘦狗不屑一顾。

　　一次大雨过后，我们去学校，走到河边才发现，桥断了，洪水滔滔，无法过河，我们不得不原路返回。走在原野上，我忽然看见远处有个麻秆形的人在急急忙忙地赶路，那不是瘦狗吗？看瘦狗走路的方向，他正赶往学校呢。

　　这么大的水，难道瘦狗还敢游过去？我正纳闷，李老师就向瘦狗跑过去了，边跑边喊："刘小明，危险！"刘小明是瘦狗的大名，李老师要阻止他冒险过河。

　　我们跟着李老师跑到瘦狗身边，一块儿劝瘦狗跟我们回去。瘦狗却说："我过河安全得很，为什么要回去？"

　　李老师急了："水那么大，你游不到河心就没命了！"他紧紧抓住瘦狗的手，好像一松开，瘦狗就真的没命了。

　　瘦狗大笑说："李老师，我过河根本不用游水，你操什么心呀？"

　　"你不是一直游水过河的吗？"我们颇感意外，愣了一会儿才回过神来"你到底是怎么过河的？"

　　瘦狗这回神气了，一招手："跟我来，包你们平平安安到学校。"

　　往日自以为了不起的我们，现在都成了小学生，跟在瘦狗后面，沿着河边，向上游走去。最后，瘦狗带我们钻进一个洞里，这个洞是由巨大的水泥筒做的，埋在河底，直通对岸。

　　过了河，李老师感叹说："哎呀，我居然不知道这里有条隧道。"

　　瘦狗得意地说："你们不知道的事还多着呢。"

　　我们纷纷问瘦狗还有什么新鲜事，瘦狗笑而不答。说不定，在将来的某个关键时候，瘦狗会用我们不屑一顾的办法，再救我们一回。

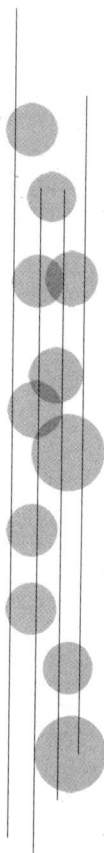

收 礼

我在山里被毒蛇咬伤，幸好遇到一位瑶族大哥，给我吸毒疗伤，才捡回一条性命。这位瑶族大哥叫盘广明，我和他从此成了好朋友。

过年的时候，我带上礼物，特意到山里去拜访广明大哥。他们一家人对我非常热情，唯一让我不舒服的是，广明把我带来的礼物全部收下，一点不留。按我老家的习惯，对客人带来的礼物，一般是领一半留一半，偶尔有人领到三分之二，那就叫"大领"了，会被村里人嘲笑的。广明大哥怎么这么不通人情呢？

从山里回到家时，母亲见我两手空空，问我把东西放哪了。我不好气地说："哪还有东西？都被广明领完了。"

母亲吃了一惊，但她很快就说："广明是你的救命恩人，领再多都是应该的。"母亲叮嘱我千万不能怪广明大哥，要一如既往地敬重他。

两天后，广明来我家回访，带来不少礼物。我和家人也热情地招待他，而且只收下他四分之一的礼物。临走的时候，广明大哥发现袋子里还有那么多东西，要拿出来，母亲哪里肯，他拿出来，母亲就放进去，双方展开拉锯战，最后，母亲假意沉下脸说："我已经领了四分之一，你再争，我连那四分之一也不要了。"

话说到这个份上，广明大哥就不好争了，怏怏不乐地带着礼物回山里去。

此后，我每年春节都带上礼物，到山里去看望广明大哥，他照样一点不留地收下我的礼物。开头两年，广明大哥还来我家回访，两年后，他就不来了，对我的态度也越来越冷淡。

我什么地方得罪了广明大哥呢？我和母亲仔细回忆跟广明交往的每一个细节，都找不到原因。老实说，倒是广明大哥年年清空我的礼物，我没有跟他计较。我心里很委屈，要不是他对我有救命之恩，我早就不跟他来往了。

又一次到山里拜访广明大哥时，母亲执意和我同行。她觉得一定是我在山里做了什么对不起广明大哥的事，她要亲自到山里问个清楚。

我母亲的到来，让广明大哥吃惊不小，他问我母亲怎么翻山越岭到他家来。母亲说："阿明啊，我儿子不懂事，他有什么对不住你，你只管跟我说，千万别怄在心里。"

广明大哥说我挺好的，没什么对不住他。母亲直截了当地问："那你为什么不到我家去了？"

广明大哥想了想，才低下头说："你瞧不起人。"

母亲皱起眉头："我瞧不起你！这话从哪说起？"

广明大哥伤心地说："我每次去你家，你都只收一小半东西，把一大半退回来，让我丢尽了脸。"

"我那是敬重你啊！怎么会让你丢脸呢？"

"在我们瑶家，没有诚心的人，才会被人退礼。"广明大哥郑重地说，"把礼物全部收下，那才叫敬重。"

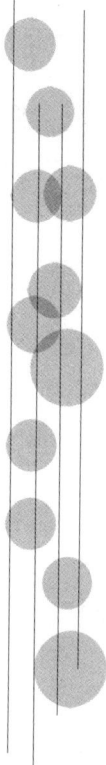

心中自有桃花源

我刚参加工作时，学校分给我一间小房，只有几平方米，放进一床一桌后，就没有什么空位了。这么小的房子，单身一人住还勉强，结婚后两个人住就成问题了。

记得新婚时，我和妻子去买衣柜，跑遍全城的家具店，即使最小的一款衣柜，也放不进我们的小房。最后，我们只好请木匠师傅专门造一个特小的袖珍型衣柜。我们很想再要一张沙发，可左量右度，无论如何放不下了，只能改买两把椅子。摆好家具后，我们的小房间就像沙丁鱼罐头一样，塞得严严实实的，连转身都磕磕碰碰。

第二年，我们有了个女儿，房间显得更小了。孩子稍大一点，我和妻子就天天带她外出，极少回家，因为一回到家，就憋得难受。

更糟糕的是，小房严重影响了我和妻子的心情，我们都变得非常暴躁。早上起来梳头，不小心被桌角磕破一点皮，我们就会立刻吵起来，妻子嫌我没本事，我嫌她火气大。一吵起来就没完没了，有时还演变成武斗。

我还跟校长吵，要他再给我一间房。可学校实在腾不出房间，我再吵也没有用。

我的女儿读小学二年级那年，学校有一位老教师死了，家属迁回老家，空出了一套两室一厅的房子。论资排辈，我分得了这套房子。

有人好心提醒，刚死过人的房子邪气重，劝我别忙着搬进去，我却说："只要宽敞，就是坟墓我都不怕。"

拿到钥匙当天，我就搬进了刚死过人的房间。

我原来住的那间小房，分给新来的李老师。李老师和我当年一样年轻，结婚才两年，有个刚满周岁的儿子。这一家三口，也要和当年的我一样，变成罐头里的沙丁鱼了。我非常同情李老师一家。

出人意料的是，李老师整天乐呵呵的，一点烦恼也没有。我好生奇怪，有一天在办公室，就随口问他："李老师，你一家三口住那么小的房子，怎么还这么高兴？我前些年住那里，都快憋疯了。"

李老师笑着说："我的空间很宽敞，一点也不憋呀。"

就一间小房，怎么可能宽敞呢？这天下班后，我忍不住重回那间小房，看看李老师是怎么个宽敞法。

一进门，我就惊呆了，李老师的家简直是个世外桃源！

小房里居然有一张沙发，摆在床的对面，贴着墙根。在床和沙发之间，放一张小茶几，兼做餐桌和书桌。

墙上有一幅突起的画，画面视野开阔，近有椰树沙滩，远有碧海蓝天，白帆点点，水天相接，让人心旷神怡。

李老师取书的时候，我才惊奇地发现，这幅画原来是一只固定在墙壁上的柜子，打开"椰树沙滩"，里面是书籍，打开"碧海蓝天"，里面是衣服。柜子下面的空间，恰好能让人通过。

抬头仰望，上面也贴着一幅巨大的图画，将整个天花板都遮过了。画里有田野村庄，几个农民正在田间劳作，一条小河从田野中间蜿蜒穿过，沿河种有两行桃树，桃花正在盛开。花丛中有一块大石头，和鲜艳的桃花相映成趣。再仔细一看，呀，那不是石头，而是一只大箱子。

李老师指着头顶上的箱子，风趣地说："箱里装的是杂七杂八的废物，算是给画里的桃树施肥了。"难怪小房整整齐齐，不见一点杂物。

李老师的儿子正在床上玩耍，小家伙忽然翻过身来，仰望天花板，咯咯大笑，两只胖乎乎的小手在空中乱抓，可能想采摘画里的桃花。

住在这样的桃花源里，人怎么会有烦恼？

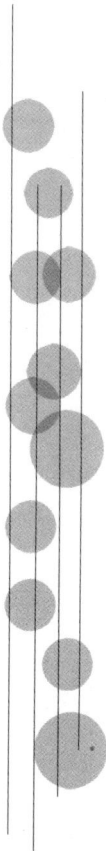

半碗米粉

那是二十年前的事了，我和父亲在桂林丢失了钱包，两个人搜遍全身只剩五毛钱，仅仅能买半碗米粉。

我和父亲都饿坏了，身不由己地走进旁边一家米粉店。这是一家夫妻点，妻子收钱，丈夫掌勺。进了店，我们却不好意思买米粉。老板娘见我们不做声，就问我们是不是买两碗，我和父亲都摇摇头。老板娘又问我们是不是买三碗，我和父亲的头摇得更厉害。

老板娘笑了："你们两个人合吃一碗，对吧？没什么不好意思的，这是常有的事。"她扭头吩咐丈夫："煮一碗米粉。"

父亲赶紧说："不是一碗。"

老板娘好奇地问："难道是四碗？你们两个人吃得了四碗吗？"

我低下头说："我们总共只有五毛钱，你能卖半碗米粉给我们吗？"

老板娘肯定从没见过买半碗米粉的，一下子回不过神来，倒是她丈夫在里面说："没问题，我这就给你们煮半碗米粉。"

一会儿，店主就端出半碗热气腾腾的米粉，另外还有一只空碗，让我们将半碗米粉分成两碗吃。我和父亲将米粉连同汤水吃光，又把粘在碗上的油星舔掉，才依依不舍地离开。

穿过一条大街后，父亲忽然发现，五毛钱还在衣袋里，我们竟忘了付钱。我说算了，我们正缺钱，何况店主并没有追来。父亲沉下脸说："这不是五毛钱，是一个人的品格。"他坚持要回米粉店付钱。

当我和父亲回到那家米粉店时，看见店主正跟顾客争吵。一个顾客愤愤不平地说："我亲眼看见，刚才那一老一少买半碗米粉，比我这一碗还多，真是太欺负人了。"

店主解释说："你没看见人家落难了？那对父子可能一天没吃东西了。"

父亲走上前去，握住店主的手说："大哥，谢谢您！"

我看见两行泪水，流过父亲的脸颊，我的眼睛也潮乎乎。

许多年过去了，我还记得那半碗米粉的味道，还有那段米粉情，够我品味一生。

啼笑皆非

穷人的孩子早当家，阿军小小年纪，就知道替家里挣钱了。阿军挣钱的方式与众不同，他平时帮学习差的同学写作业，考试时给他们传递答案，收取报酬。

李小明是班上最富的同学，学习很差，阿军没少帮他写作业，传递答案，李小明给阿军的钱也最多。挣这种钱是不能让大人知道的，尤其不能让老师知道，所以阿军和李小明总是私下偷偷摸摸谈价钱。

有时候老师突然搞测验，李小明急需阿军给答案，老师又偏偏在身边，他们就用手语讲价钱。久而久之，两人竟能在老师的眼皮底下讨价还价：翘一根拇指 50 元，伸一根食指 40 元，中指 30 元，无名指 20 元，小指 10 元。

有一天，班主任说，有一位教授，想找两个学生做测试，问谁愿意参加。李小明最爱出风头，立刻举起手来："我参加。"

阿军意识到这是挣钱的机会，所以也跟着举手说："我也愿意参加。"

班主任把阿军和李小明带到办公室，办公室里有个戴眼镜的女人。班主任介绍说："这位是张教授，刚从美国回来的，请你们积极配合她测试。"

张教授拿出一只瓶子，瓶子里装着两颗海棠果，每颗海棠果上都系着一根长线。张教授让阿军和李小明每人捏住一根长线，然后说："等下我喊开始，你们就赶紧把海棠果拉出来，先把海棠果拉出瓶口的，我奖励一朵大红花。"张教授拿起一根铁尺，挥了挥，又说："后拉出来的，就打屁股。"

李小明可不想挨打屁股，他想要大红花，何况这是教授给的，机会难得。他悄悄向阿军翘起一根拇指，意思是，如果阿军让他把海棠果先拉出来，他愿给 50 元。阿军心领神会，也翘起一根拇指，以示成交。

张教授还蒙在鼓里，一本正经地喊："预备，开始！"

李小明飞快地把海棠果拉出瓶口，阿军则慢吞吞地跟在他后面拉出来。张教授惊讶地问阿军："你为什么要让他？难道不怕打屁股？"

阿军不能把真相告诉张教授，他想了想，才找到一个理由："阿明天天叫我军哥，哥哥应该让弟弟。"

张教授一把搂住阿军，激动地说："我在许多国家做过这种试验，那些孩子都是争先恐后地往外拉自己的东西，结果都在瓶颈卡住了，没有一个能拉出来。只有你懂得谦让，用爱心战胜了困难。中华民族，是最有爱心的民族啊！"

张教授没有打阿军的屁股，而是给了他和李小明每人一朵大红花。班主任特意在班会上表扬阿军，说他为中国人争了光。

二叔的婚事

二叔腿脚有毛病，走路一瘸一拐的，三十出头还没娶媳妇。

有一天，我发现二叔家里有好多人，就跑过去看热闹。原来二叔在相亲，一个中年男人自动把女儿送上门来。姑娘叫阿翠，长得水灵灵的，非常漂亮。

二叔不敢相信有这种好事："阿翠，你真愿意嫁给我？"

那漂亮姑娘点点头："我愿意。"二叔这才把厚厚一叠钱递给中年男人。

第二天，二叔就跟阿翠举行婚礼。二叔新婚之夜，我和几个小孩到他的窗下去偷听。这是我老家的风俗，说是有男孩偷听，新郎新娘以后才会生儿子。

二叔的洞房很破旧，墙上有不少裂缝。我将眼睛贴在墙缝上，看见二叔在房里打转转，转了几圈，就恼怒地问："你自愿嫁给我，又不肯跟我上床，这是为什么？"

阿翠扑通一声跪下："大哥，我是被人贩子折磨怕了，才答应嫁给你的。"

二叔吃了一惊："他不是你父亲？"

"那家伙是个魔鬼！"阿翠撩起衣袖，把一条条伤痕指给二叔看，"我是被他骗来的。"

二叔知道上当了，从新房里飞跑出来，扑向另一间房子。那间房里空无一人，人贩子早就溜了。二叔捶打着胸膛，半天才喊出一句话："那是我十几年的辛苦钱啊！"

第二天早上，阿翠怯生生地从新房里出来。有人劝二叔，干脆跟阿翠生米煮成熟饭，女人只要生了孩子，就安心了。阿翠可怜巴巴地哀求："大哥，你放了我吧？我爸妈都去世了，家里只有个残疾的姐姐，我还要回家照顾姐姐呢。"

二叔望着阿翠，好一会，才挥挥手："你走吧。"

阿翠生怕有变，说声："谢谢大哥"，撒腿就跑，可刚跑两步，二叔就叫："等等。"

阿翠只好站住，吓得两腿直发抖。二叔走过来问："你身上有钱吗?"

阿翠摇摇头："大哥，对不起，我身上一分钱也没有。"

二叔转身走进屋里，很快就提着一袋米出来，递给阿翠："桂林远着呢，没有钱怎么回去？你把这袋米拿到市场卖掉，凑点回家的路费吧。"

阿翠双手接过米，泪水无声地流下来，把米袋都打湿了。

阿翠走后，全村人都说二叔太傻了。二叔一夜间成了穷光蛋，更没有人愿意嫁给他了。

出人意料的是，半年后，阿翠和姐姐来到二叔家。阿翠的姐姐也是瘸了一条腿，她风趣地对二叔说："我们俩挨在一起，还可以金鸡独立，谁敢说我们是残疾人？"

姐妹俩要跟二叔合伙在县城开米粉店，二叔提醒说："我们这米粉店够多了。"

阿翠的姐姐说："你们这里米粉店虽然多，可没有一家是卖桂林米粉的，我们做桂林米粉卖，肯定能赚钱。"

几天后，县城就有了第一家桂林米粉店。阿翠的姐姐不但米粉做得好，熬汤也有绝招。二叔也在店里帮忙，阿翠则负责招呼顾客，米粉店的生意一天比一天红火。

后来，阿翠回桂林结婚去了，她的姐姐则成了我的二婶，人称米粉西施。

救 命 环

洪水淹到二楼了，红梅背着儿子亮亮，来到阳台上张望，看丈夫有没有回来。不料，脚下一滑，母子俩一个倒栽葱掉了下去。

危急中，红梅一手抓住墙上的一个铁环，身子在洪水中沉下，再浮起。亮亮还在身上，紧紧抱住红梅的一条腿，真是万幸。

红梅抓住的铁环是梧州特有的，安装在临江二三十米高的墙壁上，原本是用来系船的，今天却成了母子俩的救命环。

墙壁非常光滑，红梅试了几次，不但无法爬上去，还差点脱手被洪水冲走。她不敢再试了，只有紧紧抓住铁环，等待别人来救援。

上游忽然漂来一个落水的女人，擦身而过时，一手抓住亮亮的小脚。女人只看一眼亮亮，就叫起来："孩子，怎么是你？"

红梅也认出了这个女人，她叫翠莲，是个打工妹。红梅没有生育能力，亮亮是翠莲帮生的，说好给她三万元，孩子跟她无关，可翠莲生下孩子不久就反悔了，她宁愿一分钱不要，也要孩子长大后叫她一声妈妈。红梅和丈夫只好把翠莲打发走，不让她再跟亮亮接触。

没想到，两个母亲一个儿子，今天却鬼使神差地在洪水中聚到一起。

红梅体弱多病，又不会游水，驮着儿子已非常吃力，加上翠莲就更吃不消了。必须减轻负担，否则大家都得淹死。红梅叫翠莲放手，翠莲说："让孩子叫我一声妈，我就放手。"

红梅一下子火了："亮亮，这个女人不是你妈，是坏蛋，快把她踢开。"

亮亮使劲蹬踢，翠莲的头脸上很快挨了几脚，她痛苦地说："孩子，我是你亲妈啊！"

"坏蛋，你不是我妈！"亮亮踢得更猛烈。

翠莲伤心透了，她正想松手，一根木头就飞快地漂过来，撞在亮亮的脑袋上。小家伙两手一松，抱不住妈妈的腿了，红梅失声惊叫："亮亮！"

　　亮亮还在翠莲的手里，情急之下，翠莲身子一横，奇迹般地用脚尖勾住另一个铁环。翠莲迅速将整个脚掌塞进铁环里，确保万无一失。她的脚却立刻像被刀割一样，痛得钻心。

　　亮亮已经处于半昏迷状态，不能自己浮水了，翠莲必须使劲托起他，才不至于淹死。

　　红梅无法过去救亮亮，只能抓着铁环，一个劲地喊救命。不知过了多久，红梅才看见丈夫和几个解放军战士开着船过来。他们先把红梅和亮亮救上船，再去救翠莲。

　　翠莲的脚卡在铁环里，竟然抽不出来了。这个铁环是破裂的，铁片穿透翠莲的皮肉，插到她的筋骨里去了。两个解放军战士费了好大功夫，才把翠莲的脚从铁环上弄下来。

　　翠莲被抬上船时，亮亮已经醒了，他轻轻抚摸翠莲血肉模糊的脚，动情地说："妈妈，你疼吗?"小家伙鼓起腮帮，一口暖气，从他稚嫩的嘴里喷出来，吹到翠莲的伤口上。

　　"好孩子，妈妈一点不疼。"翠莲把自己的亲生儿子揽在怀里，泪水夺眶而出。

草丛里的秘密

　　林峰早上出来散步，在交通局宿舍楼后面的草丛里发现一具女尸，他赶紧打电话报案。警察了解情况后，竟然觉得林峰有重大嫌疑，把他抓到了公安局。

　　林峰激动得大叫："你们这些草包简直瞎了眼，为什么要抓我？"

　　警察说，死者叫刘素梅，22岁，是被绳子勒死的，体内既没有男性的遗留物，身上的项链、戒指、现金也没有丢失，可见凶手既不是谋财害命，也不是强奸杀人，很有可能是情杀。

　　林峰当交通局局长时，暗中一直包养刘素梅，前不久事情败露，被撤了职。林峰被撤职后，刘素梅就移情别恋了，因此警察怀疑是林峰杀了刘素梅。

　　林峰赶紧解释："我和刘素梅是有过点瓜葛，可人命关天，我千真万确没有杀她啊！你们可不能凭猜测办案。"

　　警察说："你的疑点太多了。案发前，有人看见你一连几天到交通局宿舍楼后面去，绕着那片荒地走来走去，偶尔还踏进草丛东瞧西看。我们怀疑你早有杀心，事先去选定作案地点。"

　　"你们误会了，我去那里散步。"

　　"散步？"警察将信将疑，"据我们了解，你是不散步的。"

　　"那是以前，自从被撤职后，我差不多天天散步。"

　　"大家散步都去公园、马路，你怎么去那种地方？还到草丛里东瞧西看？"

　　"我喜欢看那片草丛，所以就到那里去散步。"

　　警察沉下脸说："那片乱草不但难看，里面还有不少狗屎，鬼才喜欢那种地方。你当我是白痴啊？老实交代，你去那里干什么？"

　　"这……"林峰一时语塞。

　　警察一拍桌子："把这家伙关起来，看来不吃点苦头，他是不会讲实话的。"

　　两个端着冲锋枪的警察立刻过来，要把林峰押走。林峰挣扎着喊："我说，我说。"

　　林峰重新在椅子上坐下，又喝了一口水，才挤牙膏似的吐出心中的秘密："那里原来是一块菜地，交通局的职工在上面种菜。我当局长的时候，决定收回菜地让局里种花。可惜一拖再拖，花没种成，我的局长却被抹掉了。虽然我不当局长了，当初的决定却还有效，直到现在都没有人敢在那块地上种菜。不瞒你说，看着那块荒地，踩着地里的野草，我心里就舒坦，所以经常到那里走走。"

　　"原来你到那狗屎堆里去重温权力的滋味，这话我信。"警察点点头，"看来刘素梅真不是你杀的。"

　　正说着，就有一个老人带着儿子来投案自首了。

来自地下的母爱

　　李国胜从抽屉角翻出一本存折，是母亲生前留下的，里面有两百元钱。他去取钱时，却得了600多元。银行的人说，近十二年来，不断有人往存折里存钱，总共有144笔，最大那笔是6元，最少那笔是8角，更多的是一两元。这些零零碎碎的钱是谁存进去的呢？李国胜百思不得其解。

　　出了银行，李国胜就来到坟场。今天是母亲的忌日，他给母亲烧一刀纸钱。烟火缭绕中，李国胜发现母亲的墓门下边有个黑糊糊的地洞，他壮着胆钻了进去。

　　地洞越走越深，忽然轰隆一声，前面豁然开朗，李国胜依稀看见一条河，河上有座石拱桥，桥那边传来"咣当咣当"的声音。李国胜寻声望去，看见母亲正推着巨大的石头上山。他高兴得叫起来："妈，原来您在这里。"边说边踏上桥面。

　　母亲大叫："站住！这是奈何桥，阴阳有别，你一过来，就落进阴曹地府了。"

　　李国胜低头一看，石拱桥果然阴阳分明，以河中心为界，靠近阳间的半截是红色的，靠近阴间那半截则是黑色的。李国胜的左脚正踏在阴阳界上，鞋尖踩到阴间那边去了，脚趾头凉飕飕的。他吓了一跳，赶紧把脚缩回来。

　　李国胜隔着奈何桥，眼巴巴地看母亲推石上山。石头最少有七八吨重，母亲费了九牛二虎之力，把巨石推到山顶，可山顶尖如刀锋，一松手，巨石又轰隆隆滚到山脚。母亲只好下山，重新把巨石推上陡峭的山坡。

　　李国胜心疼地问："妈，您为什么到了地下还干这么苦的活？"母亲把巨石停在一个坎上，喘着粗气说："阿胜，你还记得玉莲嫁给牛二的事吗？妈实在咽不下这口气啊！"

　　李国胜有过一个女友叫玉莲，他们订婚那天，在外闯荡的牛二回来了。牛二是个烂仔，这时候发达了，在县城买了一栋新楼，他只用一个夜晚就俘

虏了玉莲的芳心。李国胜的母亲是被活活气死的，来到阴间，她还念念不忘这件事。

母亲撩一下汗湿的头发说："阿胜，这份活虽然辛苦，但挣钱多，每月工资好几万元。12 年来，妈没有一天休息，已经挣了 800 多万，全都存到我那本存折里了，你收到没有？"

李国胜恍然大悟，那 144 笔钱，原来是母亲存的，母亲挣的是冥币，换成阳间的钱，自然少得可怜。他不想让母亲伤心，就说："妈，我收到了，800 多万全收到了。"母亲又问："房子也买了吧？"李国胜信口胡编："买了，滨江花园 118 号，是栋别墅。妈，您以后不用干活了，好好享福吧。"母亲孩子似的笑了："好，妈辞了这份工，就上去看我们家的新房子。"

要是母亲上来，发现儿子住在危危欲倒的破房里，那该有多伤心啊！从坟场回来后，李国胜把自己的奇遇和担忧告诉妻子，妻子不相信有这种事。李国胜伸出左脚说："你看，这几个脚趾曾踩到阴间去，连颜色都变了，现在还凉得很。"妻子看他青紫色的脚趾，又摸了摸，才动情地说："妈在阴间还累死累活替我们干活，我们千万不能再伤她的心。快去看滨江花园 118 号住的是什么人吧。"

当天晚上，李国胜来到滨江花园，找到 118 号。那里住的居然是玉莲和牛二。他们住的是一栋别墅，相当漂亮，如果能在这里跟母亲相见，那是再好不过了。李国胜把自己在阴间见到母亲的事告诉牛二，请牛二把别墅租给他几天，可话还没说完，牛二就挥手说："快走快走，别把晦气带到我家来。"

母亲随时有可能上来，这可怎么办呢？李国胜失望地往回走，刚回到家，一阵阴风就吹来母亲的声音："阿胜，你为什么还住在这种破房里？"

李国胜只好老实交代："妈，我没有买别墅，连这两间破房还是租的。"

母亲气愤地问："我给你的 800 多万都糟蹋到哪去了？那可是我 12 年的血汗钱啊！你给我跪下！"

李国胜"扑通"一声跪下："妈，您挣是冥币，800 万只抵阳间的 400 多元，别说买房子，就是买一个拉屎的坑都不够。"

"怎么会这样？"母亲一下子愣住了，身体像纸人一样无声地倒下来。

李国胜伸出双手去扶母亲，落在他手上的只有一件轻飘飘的旧衣服。这是母亲生前常穿的衣服，前胸和后背都有大片的汗渍，浓烈的汗酸味呛得李国胜泪流满面。他把母亲的衣服蒙在头上，失声痛哭："妈，我真没用啊！害得您死后还为儿子受苦受难！"

谋生第一课

林杰明站在高高的河堤上，看着滔滔急流，真想跳下去，一死了之。一位好心的大哥关心地问："老弟，你有什么事？可别想不开啊。"

林杰明家里很穷，上大学时欠了一屁股债，他毕业后找不到工作，就跟人合伙做生意，不料雪上加霜，又亏了两万多，处了两年的女朋友也给吓跑了。

这位大哥叫张茂根，读书不多，头脑却灵得很，他决定帮林杰明一把，就说："几万元算什么？只要肯动脑子，在哪里都能找到生财的门路，明天我就带你去发财。"

林杰明重新看到了希望，第二天就跟张大哥出发了。他们坐了火车坐汽车，一直来到北方大草原。林杰明疑惑地问："大哥，我们来草原干什么？"张大哥说："捉虫。"

草原上正闹虫灾，可捉虫能挣几个钱？林杰明一下子泄了气，张大哥却乐此不疲，东跑西颠的找牧民和政府，最后拟了一份"不平等合同"：他和林杰明把附近两万多亩草原的害虫消灭，当地政府和牧民给他们 10 万元报酬。如果三个月内不能控制虫害，他和林杰明则要赔偿 20 万元。

林杰明提醒说："10 万元还不够买杀虫剂和请工人，我们会亏本的。"

张大哥却拍着胸脯说："放心，大哥包你只赚不赔。"

见张大哥胸有成竹的样子，林杰明才咬咬牙，在合同上签了名。

签了合同后，张大哥却不灭虫，而去造水塘。一条小河从草原上蜿蜒穿过，小河两边有不少洼地，造水塘倒是很方便的。没几天，就蓄成几十个小水塘了。

林杰明问造这些水塘有什么用，张大哥说："当然是养鱼了。"林杰明差点气昏过去："大哥，我们是来灭虫的，别弄这些鱼塘了。"

张大叔不听林杰明的劝告，买了好多鱼苗回来，放养到水塘里。他还把

买鱼苗和饲料的费用记在一个小本上，将来要林杰明分担一半。林杰明气得把小本子扔在地上："你就等着赔20万吧！我这回被你害惨了。"

林杰明不敢指望张大哥了，他独自到草原上查看虫情。幸好时间还来得及，他请张大哥给他钱去买杀虫剂，张大哥竟然一分钱不给，还叫林杰明不用瞎操心。

第一批虫已经化蛹，等它们变成飞蛾，繁殖下一代，数量会一下子增加几十倍甚至几百倍，到时候，想灭都来不及了，只能等着赔钱。

林杰明心急如焚，晚上睡不着觉，坐在草原上仰望星空。草原的夜空万里无云，比家乡的夜空好看得多，林杰明却无心欣赏，他伤心地问自己："林杰明啊林杰明，你为什么要跑到这里来，还签下这种狗屁合同？"

第二天，林杰明没有跟张大哥去喂鱼，他去当地政府诉说自己的不幸和张大哥的固执，请求将来少赔一些钱。政府的人却说，那是他和张大哥的事，跟他们无关，他们只认合同。

如果再赔十万元，那真的只有跳河了。林杰明失魂落魄地回到草原上，却发现张大哥不见了。他心里咯噔一下，这家伙不会是逃跑了吧？

林杰明赶紧打张大哥的手机，问他是不是跑回家了。张大哥没好气地说："10万元还没到手，我怎么会回家呢？我正在市场买灭虫的东西。"

难得这家伙还记得灭虫的事，林杰明的心情好了不少。一会儿，张大哥就回来了，他带回好多荧光灯，还有一位电工师傅。

电工师傅把荧光灯安装到鱼塘上，每个鱼塘装一盏。装好荧光灯不久，害虫就纷纷破茧而出，变成飞蛾。它们夜夜扑向荧光灯，掉到水塘里，成了鱼儿的美食，让张大哥和林杰明省下一大笔买鱼饲料的钱。

张大哥和林杰明不但成功控制住了两万多亩草原的虫害，领到10万元报酬，还额外收获一批鲜鱼。这些鱼主要是吃飞蛾长大的，肉质特别鲜美，卖到市场最高价，还供不应求。

比赚钱更重要的是，林杰明学会了谋生的本领。回家的路上，他真诚地说："大哥，谢谢你给我上了谋生第一课。"

老鼠生蛋

一只小老鼠正想出去偷鸡蛋，表叔就来登门拜访。他们好久没见面了，表叔吃惊地问："小三，你怎么这么瘦？毛色也不好。"

小老鼠说："我天天净吃鸡蛋都胖不起来，身上的毛也老往下掉。"

表叔说："光吃鸡蛋怎么行？营养太单一了。我早就把鱼、肉、蛋、菜、米搭配着吃，每餐还要加点油盐。你看表叔这身板，这毛色，多棒。"

表叔果然身强力壮，毛色发亮，尾巴一甩，噼啪作响。小老鼠羡慕极了，可惜自己只有鸡蛋，别的什么都吃不到。表叔说："你可以拿鸡蛋去鼠王开的超市换东西呀，在超市里，你想要什么就有什么。"

小老鼠第一次听说有这种好事，他当天就扛着一袋鸡蛋，跟表叔来到鼠王的超市。还未进入超市，就已经热闹非凡，老鼠们嘴叼背扛着各种东西，从四面八方涌来。

超市门前设有个关卡，一个皮毛油亮的管理员高声喊："鼠友们请注意，凡是偷来的东西，本超市一律拒绝。"

小老鼠一下子慌了："表叔，我的鸡蛋全是从旁边的鸡窝偷的，这可怎么办？"

表叔说："慌什么？你就说鸡蛋是你自己生的。"

小老鼠疑惑地问："我是老鼠，怎么能生出鸡蛋？何况我还是一只公老鼠。"

表叔不耐烦地说："你怎么这么啰嗦？就说是自己生的，包你没事。"

小老鼠忐忑不安地跟表叔来到关卡前，管理员问："这些蛋是怎么来的？"

小老鼠底气不足地回答："我自己……自己生的。"

管理员见小老鼠说话结结巴巴，就多问一句："小朋友，你真的能生蛋？"

小老鼠浑身一颤，吓得差点招供。表叔赶紧替他遮掩："别看我表侄瘦小，可会生蛋了，我亲眼看见他翘一下屁股，啵，生一个，再翘一下屁股，

啵，又生一个。"

管理员笑了："进去吧。"

超市里果然琳琅满目，什么东西都有。小老鼠用鸡蛋换了一些鱼肉，就跟表叔随意溜达，他忽然看见旁边有个广告牌，上面写着："毒鼠强，不可怕，祖传解药，起死回生。"

小老鼠的父母就是被毒鼠强毒死的，没准自己哪天也会中毒，他想买一些解药回去。表叔却拉拉他的尾巴："假的，别上当。"

小老鼠问："鼠王怎么让卖假药的到超市里来行骗？"

表叔说："鼠王要的是鼠气，才不管超市里的东西是怎么来的。鼠气旺，广告收入才多，听说，在超市里做一条广告，要交几百两银子呢。"

小老鼠恍然大悟："难怪我说鸡蛋是自己生的，也能混进来。"

表叔说："你终于开窍了。"

小老鼠直玩到太阳下山，才依依不舍地回家。当晚，他就把鸡蛋跟鱼肉掺杂着吃。

吃过几天鱼肉参鸡蛋后，小老鼠感觉身体好多了。他正想再扛一袋鸡蛋去超市换东西，表叔就慌慌张张跑来，气喘吁吁地说："一群母鸡把鼠王告上法庭了，今天开庭审判，快去看看。"

法庭设在草原中央，小老鼠和表叔赶到时，庭审已经开始了。主审官是大象，审判员有野牛和斑马。原来，母鸡们发现自己产的蛋莫名其妙到了鼠王的超市里，就联合起诉鼠王侵犯她们的权益，要求赔偿损失。

鼠王独自坐在被告席上，面对几十只母鸡毫不怯阵，他振振有词辩解："我既没有到过你们的鸡窝，更没有偷你们的蛋，你们告错了对象。"

母鸡们说："你虽然没有直接偷我们的蛋，可你的超市是销赃场所，你负有连带责任。"

鼠王说："我的管理员是严格把关的，对每只老鼠都仔细询问，老鼠们说，那些蛋是他们自己生的。"

母鸡们群情激奋："老鼠怎么能生出鸡蛋！"

鼠王一脸委屈："我以为是他们带来的鼠蛋，我被老鼠们骗了。"

大象把惊堂木一拍："你真不知道那些蛋是老鼠们偷的？"

鼠王恭恭敬敬地回答："确实不知道。"

大象又问："你超市里的鸡蛋可卖钱？"

鼠王更恭敬地回答："我只是给老鼠们提供交换场所，自己分文不收。"

母鸡们提醒大象："法官，鼠王利用超市聚集鼠气，收取广告费。"

大象说："广告是另一码事，与本案无关。"

大象跟野牛和斑马商量后，当庭宣判："超市里的鸡蛋虽然是偷来的，但鉴于鼠王一不知情，二不收费，所以本庭驳回母鸡们的赔偿要求，责令鼠王整改，严防被盗鸡蛋流入超市。"

从法庭回来，小老鼠忧心忡忡地说："以后恐怕不能用鸡蛋去超市换东西了。"

表叔甩甩尾巴说："傻瓜，你不会把鸡蛋弄脏，说是自己拉的粪球?"

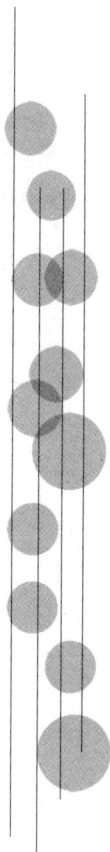

锦囊蠢计

刘备借得荆州后，压根不想还给东吴。孙权派鲁肃讨了几次都没讨到，非常恼火，就采取周瑜的计策，用妹妹做诱饵，打算把刘备骗到东吴，扣为人质，逼他归还荆州。

定下计策后，孙权就派人到荆州，说得知甘夫人去世后，刘备一直单身，十分同情，愿将妹妹嫁给刘备，请他到东吴迎娶。刘备可不傻，一听就知道孙权不怀好意："我都年过半百了，孙权的妹妹却是妙龄女子，他肯将妹妹嫁给我这个老头子？恐怕是想把我骗到东吴去做人质，逼我还荆州吧？我才不上他的当。"

诸葛亮却摇着鹅毛扇说："主公但去无防，我自有妙计，包你既娶到孙权的妹妹，又不用归还荆州。"

刘备问："军师有何妙计？"

诸葛亮的妙计是到紧要关头才能给人看的，他微笑说："我已将妙计装在锦囊里，主公路上再看吧，我等着喝主公的喜酒呢。"

刘备终于动了心，决定去东吴迎娶孙权的妹妹。关羽和张飞都说万万不可，大哥这一去，恐怕就回不来了。刘备安慰他们说："你们什么时候见军师失算过？有军师的妙计，十个孙权再加十个周瑜，我也不怕。"

刘备带着赵子龙，向东吴出发了。临行时，诸葛亮交给赵子龙一个锦囊，说妙计就装在里面，叮嘱赵子龙一定要到东吴后，才能拆看。

刘备一行人乘坐木船，顺江而下，第二天就到了东吴的水面。风浪很大，木船摇晃得厉害，赵子龙想等风浪平静后再看军师的锦囊妙计，刘备却说，现在已经进入东吴的地界，时刻处在危险中，万一东吴人突然袭击，想看军师的妙计都来不及了。

赵子龙觉得刘备说得有理，就将锦囊拆开，想把诸葛亮的妙计取出来。不料，一股旋风猛然袭来，顿时巨浪滔天，木船在巨浪中激烈颠簸、打转，赵子龙站在船头，颠簸得尤其厉害，他纵然武艺高强，也摔了个嘴啃木板，幸好双手紧紧抓住船帮，才没有掉到水里。可诸葛亮给他的妙计，连同锦囊一起掉到风浪里，打一个旋转就不见了。

风浪平静后，赵子龙让船工划着木船，在江面上转了好几圈，又派几个水性好的士兵到河里寻找，都不见妙计的踪影，倒是那个漂亮的绸缎袋子还挂在船底的一颗钉头上，装了一袋子的脏水。

丢失了军师的妙计，刘备就不敢去娶孙权的妹妹了，他决定先回荆州。可他们正要掉转船头，就听到有人喊："刘玄德，你走不了啦！"

一艘大船飞快地驶来，船上站着一位威风凛凛的将军，仔细一看，正是周瑜。

周瑜要活捉刘备，逼他归还荆州。赵子龙带领将士拼死抵挡，才得脱身，但刘备的大腿上中了一箭，赵子龙也被周瑜的长枪刺伤了手臂。

回到荆州后，刘备一瘸一拐地走下船来。诸葛亮吃惊地问："主公，你没有采用我的锦囊妙计？"

刘备生气地说："妙计被风浪卷走了，锦囊还在。"他把脏兮兮的袋子扔在诸葛亮的脚下。

赵子龙捂着手臂上的伤口问："军师，你那妙计到底是什么？"

诸葛亮捡起锦囊说："我想让你们到了东吴后，把娶亲的事闹得众人皆知，这事闹得越大，孙权就越下不了台，你们也就越安全，主公也越有可能娶到孙权的妹妹。"

赵子龙埋怨说："不就是几句话吗？军师为什么不预先告诉我和主公，非要神神秘秘地装到袋子里去，还必须到东吴才能拆看？你害得主公差点丢了性命啊！"

诸葛亮追悔莫及："我没想到江上风浪那么大。"

此后，诸葛亮有什么妙计都当面讲清楚，再也不敢装到锦囊里故弄玄虚了。

大人物

有一只怪兽，夜晚从山上下来，到村里吃人。怪兽来无影去无踪，没人知道它长得什么模样，因为见过怪兽的人都被它吃掉了。村里人心惶惶，太阳一下山村民们就关门闭户。

有个小伙子叫金宝，武艺高强，他决心为民除害。金宝手持利刀，躲在屋里，他故意敞开家门，引诱怪兽进来。守了几个夜晚，怪兽终于进了金宝的家。金宝挥舞利刀，向怪兽砍去。怪兽竟一口咬住刀背，脑袋一甩，就将利刀夺走，金宝也被甩到墙根。怪兽"咣当"一声扔下利刀，张着血盆大口扑向金宝。情急之下，金宝纵身一跃，骑到怪兽的背上，紧紧抓住怪兽的鬃毛，使劲咬破怪兽的脖子，拼命吸它的血。怪兽左奔右突，上下颠跳，始终无法把金宝掀下背来，最后血尽而死，金宝则喝了一肚子兽血。

金宝一夜间成了英雄，村民们把他高高抬起来，敲锣打鼓，绕着村子游了一圈。没想到，这一抬竟让金宝上了瘾，第二天，他不好意思地问大家："被人抬怪舒服的，你们能不能再抬我一回？"

村民们说："你是我们的大救星，只要你高兴，我们愿意天天抬你。"

村民们挑选身强力壮的大柱和二柱，每天抬金宝在村里游一圈。久而久之，金宝也觉得，他救了村民，村民抬抬他，这是理所当然的事，没有半点不好意思了。有时候，大柱和二柱手脚慢一点，金宝还不高兴地说："要是没有我，你们恐怕连小命都没了，怎么慢吞吞的？"

大柱赶紧跑过来，俯下身体，伸长脖子。金宝大大咧咧地骑到大柱的脖子上，再将手搭到二柱的肩膀上。

大柱和二柱很淳朴，天天毫无怨言地来抬金宝。让人为难的是，金宝的身体每天都长几斤，两个月后，他的体重已达六百多斤，大柱和二柱使尽吃奶的力气，也抬不动他了，村民们只好再增加两个壮汉。

半年后，金宝的体重达到惊人的四千多斤，比一头大水牛还重。村民们越来越难把金宝抬起来，一不小心，就会被金宝压断手脚。

金宝出什么毛病了？村民们请医生给他检查，医生说，很可能是金宝喝了怪兽的血，身体发生了变异。

大家请医生快治治金宝的变异病，医生摇头说："无药可治。"

一年后，金宝已经长到两万多斤，比一头大象还要重了。每天都要出动两三百个壮劳力，花费几个小时，才能把金宝抬起来。为了抬金宝，耽误了种庄稼，导致全村粮食大减产。

金宝从大救星，变成了大灾星，村民们渐渐讨厌起他来。终于有一天，大柱和二柱不来抬金宝了，兄弟俩到田里埋头种庄稼。别人抬着金宝从田边走过，他们连眼皮都懒得翻一下。

可是，几天后，大柱和二柱就无法到田里干活了，因为脑袋胀痛无比。请几个医生看过，各种各样的药都用遍了，大柱和二柱的头疼病不但没有好转，反而越来越严重。兄弟俩在床上翻滚，疼得脑袋快要爆炸了。

母亲提醒说："怎么一离开金宝，你们的脑袋就疼成这样？是不是还得回去抬那个大灾星啊？"

反正无药可治，大柱和二柱索性忍着剧痛，重新加入抬金宝的队伍。真是神了，金宝的肉一压到身上，大柱和二柱的头疼病立刻就好了。

经过实验，村民们发现一个秘密：凡是抬过金宝的人，一旦离开金宝，脑袋就会疼痛，任何药都治不好，只能再回来伺候金宝。村里稍有力气的男人，都抬过金宝，自然人人染上了头疼的毛病。金宝的身体是唯一的良药，大家对金宝又恨又爱。

一天早上，金宝心血来潮，要到野外欣赏风景。几百人托举着这个庞然大物，小心翼翼地向田野走去。田里到处是泥水，有个人脚下一滑，不但自己摔倒，还连累旁人失去平衡。结果，金宝像一座山一样倒下来，当场压死四十多人，每个死者都被压得比柿饼还要扁。

金宝自己也摔成重伤，一个劲叫唤心口疼。村里的医生说，估计金宝的心脏被自己的体重压破了，必须立刻送去医院抢救。可金宝实在太重了，大家费了九牛二虎之力，也没法把他从泥水里弄出来。折腾了半个钟头后，金宝一口气喘不过来，两脚一蹬，就到另一个世界去了。

大家一下子慌起来："金宝死后，谁给我们治头疼病啊？"

父亲和我做买卖

我在省城做点小买卖，生意虽然不大，却忙得焦头烂额。父亲还常常给我添乱，有事没事都喜欢给我打电话。

有一天，我正跟顾客谈生意，父亲就打电话来，问我有没有空。我说正忙着呢，如果没什么急事，晚上我再打过去。父亲赶紧说："没什么事，你先忙。"

我忙了整整一天，晚上草草吃了饭就上床睡觉。可刚躺下，手机就响了，我这才想起，自己忙昏了头，竟忘了打电话给父亲。

电话依然是父亲打来的，他问我现在有空了吧。我向父亲撒了个谎："刚进门，正想打电话给您呢。"

父亲关心地问："你这样一天忙到晚，能挣多少钱啊？"

我含含糊糊地说："还可以。"

父亲却很认真："什么还可以，你给我个准数，一天到底能挣多少钱？"

我想了想说："平均一天 150 元。"

父亲以前从来不过问我的生意，今天却格外有兴趣，竟然在电话那头帮我算起账来："一天 150 元，三天就是 450 元，不多不多。"

我跟父亲开玩笑说："爸，您是不是也想做生意啊？"

父亲郑重地回答："对，我今天打电话给你，就是为了做一笔生意的。这笔生意必须和你一起做，你抽空回一趟家吧。"

我问父亲想做什么生意，父亲说："你回来就知道了，保证一天能挣 150 元以上。"

父亲是个老实巴交的农民，根本不会做生意，我怕他上别人的当，第二天就赶回老家去，暂时把生意托给一位可靠的朋友帮照料。

我的老家在乡下，离省城有 5 个小时的车程，我回到老家时，已经是黄昏。见我回来，一家人高兴得不得了，父亲特意去鸡舍捉了一只鸡。

我在家里的时候，父亲每次杀鸡都是我打下手，这次也一样，他操刀，我抓鸡脚。父亲这回不知道怎么搞的，居然割偏了，我一放手，那鸡撒腿就跑，还飞到树上去。我们好不容易把鸡重新捉回来，补了一刀，才将它杀死。

父亲一个劲摇头叹息："老了，老了。"

大半年不见，父亲确实老了很多，头发更白了，背更驼了，手一拿东西就微微颤抖，难怪杀鸡都割偏了。

让我费解的是，父亲已经是风烛残年了，怎么忽然想做生意呢？我很想知道父亲准备做什么生意，可问了好几次，他都打岔说："先不谈生意。"

我只好改问母亲："爸说要做生意，您知不知道？"

母亲嘲笑说："你爸除了给自己买副棺材，还能做什么生意？"

既然父亲不肯说他的生意，我也懒得再问了，只是叮嘱他做什么买卖都千万要小心，现在骗子太多了。

吃过晚饭后，我陪两位老人看电视、聊天，一起回忆我小时候的许多往事。父亲不时发出爽朗的笑声，我也很久没有这么开心了。第二天，我跟父母到地里种菜，拔花生。母亲装了满满一袋花生，让我带回城里吃。

陪了父母一天两夜后，我就告辞了。出门的时候，父亲很意外地递给我几张钱说："这是 450 元，你拿好了。"

我赶紧把钱推回去："爸，我怎么能要您的钱？"

父亲很认真地说："这就是我做的生意，我买你回家三天，每天150 元，总共450 元。反正这钱是你以前给我的，你就收下吧，只当以前少给了450 元。"

我心里像被针猛扎了一下，父亲做的生意让我很难受。我望着父亲花白的头发和满脸皱纹，不知道说什么好。自从去省城做生意后，因为实在太忙了，我只有过年才回一次家，平时几乎没有回来过。有时父亲碰巧在我最忙的时候打电话来，见他没什么事，我还嫌他添乱。我怎么没想到，那是父亲想儿子了？

父亲把那几张钱硬塞到我的衣袋里，顺手拍拍我的肩膀，长叹一声说："唉，我老得连只鸡都杀不死了，随时有可能到阎罗王那里去报到，买儿回家的生意，想做也做不了几年了。我们父子俩，是见一面少一面喽！"

我紧紧握住父亲粗糙的手，哽咽着说："爸，这种生意以后不用做了，我一定经常回来看您和妈妈。"

我把父亲给的450 元带回省城，用玻璃压在桌面上。这几张钱天天提醒我，再忙再累，也别忘了回家看父母。

镇馆之宝

墨香艺术馆终于落成了，李文君指挥员工把艺术品搬进去。搬到一箱字画时，有一张信笺大小的纸片掉出来。这是一幅非常幼稚的画，让李文君油然想起一段往事。

十几年前，李文君开有一间书画店，叫墨香轩，不光卖书画，也收购书画。有一天早上，一个小男孩走进来，说要卖画。李文君问他卖什么画，小男孩举起一张纸说："就是这幅，我昨晚画的。"

这张纸是从联系本上撕下来的，上面画着一个老女人，虽然小男孩的绘画水平很差，但每一笔都画得非常认真。画的左下角还有小男孩的名字，叫"王伟"。

小王伟指着画说："这是我奶奶，我从半夜两点钟开始画的，一直画到天亮。老板你看值多少钱？"

这种画自然一分钱不值，但看在小男孩半夜起来作画的劲头上，李文君给了他两块钱，以示鼓励。小王伟接过钱，"哇"一声哭了。

李文君问他哭什么，小王伟说："我画了五个小时，怎么才得两元？"

李文君问他到底想要多少钱，小王伟说："不知道，我只想给奶奶看病。"

原来小王伟的父母早就去世了，家里只有个老奶奶，奶奶已经病了两天，因为没有钱，一直躺在床上硬挺着。昨天，小王伟从墨香轩路过，看见有人卖画给李文君，得了好多钱，他灵机一动，就连夜画了这幅画，准备换钱给奶奶治病。

李文君听得心里酸酸的，他当即给了小王伟三百元，叫他快点回家，让奶奶赶紧上医院看病去。

两天后，小王伟领着奶奶来到墨香轩。老奶奶的病已经好了，她叫孙子把李文君的名字记下来，长大后，一定要好好报答这位好心的老板。

此后，李文君再也没见过王伟和他的奶奶。当时他随手把小王伟的画和别的画放在一起，这一放就是十几年，当年的小男孩，应该长大成人了。

李文君对着王伟的画出神，有个员工就喊："李馆长，有人找。"

李文君来到办公室，手里还拿着那幅"奶奶图"。办公室里有三个陌生人，一对外国老夫妻和一位中国小伙子。

小伙子看见李文君手里的画，忽然叫起来："李叔叔，您竟然还留着我的画！"

这个小伙子正是王伟，李文君激动地握住他的手，问他这些年到哪去了。王伟告诉李文君，奶奶从墨香轩回去后，不到半年就去世了。王伟失去了所有的亲人，先进了孤儿院，后被一对新西兰的夫妻收养，移居海外。

李文君问王伟还画画吗？王伟得意地说："当然画，不瞒您说，我现在已经是新西兰小有名气的画家了，上个月还卖了一幅画，得了三万新西兰元。"

王伟递给李文君一张两万元的支票，算是报答他当年的救助之恩。李文君把支票推回来说："那三百块钱，你早就连本带利还给我了。"

王伟莫名其妙："这些年我跟您一点联系都没有，更没给过您一分钱啊？"

李文君抖抖手中的画："把这幅画带到新西兰去，最少能卖一千元了。"

王伟坦率地说："现在这幅画带到新西兰去，确实能卖一千元，可我当初卖给您的时候，完全是一张废纸啊！您明知道这画一分钱不值，还给了我三百元。正是您的三百元，救了我奶奶一回。奶奶临终的时候，一再叮嘱我别忘了报答您。"他又一次把支票递过来，无论如何要李文君收下。

李文君摇一摇头："我不想要支票，我想要你的另一种报答。"

王伟真诚地说："李叔叔，您想要什么？只要我有的，一定给您。"

李文君双手捧起王伟当年的"杰作"，意味深长地说："你用多年的努力，使一张废纸变成价值一千元的宝贝。假如有一天，你变成梵高、毕加索那样的大师，那我手上这幅画就价值连城，将成为我的镇馆之宝。你不觉得，那才是对我最好的报答吗？"

王伟一下子愣住了，他从来没想过做世界级的大师，能在新西兰小有名气已经心满意足了。他愣了一会儿，才紧紧握住李文君的手说："李叔叔，谢谢您的提醒，我一定尽最大努力，使这张废纸变成您的镇馆之宝。"

当晚，李文君却背着王伟，悄悄把这幅"奶奶图"交给王伟的养父，让他带回新西兰去，好好保管，但不要让王伟知道。王伟的养父很诧异，他用中国话问："你不是要拿它镇馆吗？"

李文君微笑说："那只是个借口。这孩子很有天赋，可惜已经心满意足，不思进取了，所以我找个借口唤醒他的雄心壮志。"

王伟的养父紧紧握住李文君的手，激动地说："谢谢您又一次救了我儿子。您的菩萨心肠，才是镇馆之宝啊！"

墙洞有情

暑假里，张汉明白天跟母亲下地干农活，晚上复习功课。

张汉明很聪明，进入高二后，每次考试都是全校第一名，老师说，他明年很有可能考上清华大学。可惜的是，张汉明的父亲早早就去世了，母亲又多病，家里非常穷，为了攒钱给儿子读大学，母亲连台电风扇都舍不得买。

张汉明住在楼上，农家泥房非常矮，窗户又小，被烈日晒了一天的屋顶热烘烘的，他晚上复习功课时，仿佛坐在烤箱里，光着膀子看书，还汗水淋淋。

有一天晚上，张汉明正流着汗看书，忽然感觉有一丝凉风从墙缝吹进来。侧耳细听，墙那边传来呼呼的响声。张汉明把眼睛贴到墙缝上，嘿，那边居然有一台电风扇，正得意洋洋地摇摆着脑袋。

墙那边是二妞家，二妞今天卖蚕茧，买了一台电风扇。张汉明立刻把破桌子移到墙缝边，沾点邻居的凉风。可惜墙缝太小，一丝凉风起不了多大作用。张汉明就地取材，用一根竹片插到墙缝里，小心翼翼地连刮带捅，将墙缝弄大。越来越多的凉风从墙缝吹过来，张汉明凉快了许多，如果再扩大一点墙缝，就不会流汗了。

张汉明再次把竹片插进墙缝，正要捅掉一颗挡风的小石子，那边就响起二妞的骂声："流氓!"

张汉明一下子愣住了，趁他发愣的片刻，二妞拔走了竹片。等张汉明回过神来，墙缝已经被女孩子的花衣裳堵住了。

张汉明再也无心看书，看看被捅宽的墙缝，他也觉得自己做得有点过分了。张汉明连夜搅了半碗泥浆，把那条墙缝严严实实地封住。

第二天早上，二妞拿着那根竹片来向张汉明问罪："你为什么偷看我换衣服?"

张汉明尴尬地解释："二妞姐，我根本没有偷看你。我……我已经把墙缝堵住了。"

二姐不再生气，却好奇地问："阿明，你捅墙缝到底想看什么呀？"

张汉明不好意思地说："二姐姐，我什么也不看，只想偷你的一点凉风，晚上看书实在太热了。"

二姐翻翻张汉明的课本，终于笑了："原来你在准备考大学，我还以为你要流氓呢。"

当晚，张汉明依旧一边流汗，一边看书。可身上忽然凉快起来，他扭头一看，发现二姐从那边把昨晚糊的泥巴捅开了。二姐用的是螺丝刀，一会儿就把墙缝捅成了墙洞。电风扇在那边猛烈地转动，把大股的凉风送过墙来。

二姐说："本来我想把电风扇借给你一个月的，可我爸不让，只好从墙洞送点风给你了。"

二姐不但给张汉明送来凉风，半夜里，她还把一个煮熟的鸡蛋从墙洞递过来："拿着，给你补补脑子。"

张汉明把鸡蛋推回去："偷你的风已经不好意思了，怎么能再要你的鸡蛋？"

二姐把鸡蛋硬塞到他手里："是借给你的，快趁热吃吧。"

此后，二姐差不多每天晚上都拿鸡蛋给张汉明吃。吃过30个鸡蛋后，暑假就结束了，张汉明要回到学校去。临走前的夜晚，两人隔着墙洞依依惜别。二姐从墙洞伸过手来，拍拍张汉明的大腿，开玩笑说："我对你这么好，你以后怎么报答我呀？"

张汉明郑重地回答："二姐姐，等我有钱了，一定还给你60个鸡蛋，再送你一台最好的电风扇。"

二姐却说："我不要鸡蛋，更不要电风扇。"

张汉明问："那你想要什么？"

二姐一本正经地说："我要你送比电风扇贵一百倍的礼物。"

张汉明吓了一跳，比电风扇贵一百倍的礼物，那要多少钱啊！他硬着头皮问："那到底是个什么东西？"

二姐哈哈大笑："我不告诉你，你自己琢磨吧。"

第二天，张汉明回到学校去上课，一心扑在学习上，再也没有心思猜比电风扇贵一百倍的礼物了。

一年后，张汉明果然考上了清华大学。上大学后，学习没那么紧张了，他又想起二姐说的礼物来。张汉明实在猜不出那是个什么东西，宿舍里的几个同学一致认为，二姐对张汉明那么好，不可能索要东西，她是爱上张汉明了，因为不好意思表白，才让张汉明自己琢磨。

　　就在这时候，二姐给张汉明寄来一件亲手织的毛衣。看来，二姐真的爱上自己了，张汉明心烦意乱，想把毛衣退回去，又怕伤了二姐的心。

　　放寒假时，张汉明回到老家，张汉明有意跟二姐拉开距离，可又忍不住悄悄看二姐干活，看着看着，他就觉得二姐其实挺不错的，不但勤快善良，长得也漂亮。

　　有一天，二姐洗被单，一个人无法拧干，就叫张汉明帮忙。两人使劲拧被单时，二姐长长的辫子一甩，辫梢从张汉明的手背上拂过。张汉明立刻有一种触电的感觉，手背一阵酥麻。他从小到大，无数次摸过二姐的辫子，以前却从没有过这种感觉。张汉明惊奇地发现，自己喜欢上了二姐，和她一起拧被单是多么幸福。

　　大年初二那天，张汉明鼓起勇气邀请二姐去看电影。二姐却说："我没空。"

　　张汉明不解地问："大过年的，你有什么要紧事？"

　　二姐不好意思地说："我过几天结婚，得准备准备。"

　　张汉明脑袋嗡一声响，这才知道自己搞错了。他悄悄把电影票丢到水沟里，伤心的泪水无声地流下来。

　　几天后，二姐真的要出嫁了，做为好邻居，张汉明决定送一份礼物给二姐。他想起二姐说过，想要比电风扇贵一百倍的礼物，就问二姐那到底是个什么东西。

　　二姐皱起眉头问："你是不是记错了？我怎么会要你送这么贵的东西？"

　　张汉明提醒说："去年我回学校前那个晚上，你在楼上墙洞边说的呀。"

　　二姐终于记起来了，她摸摸张汉明的胸口，动情地说："我要的东西在你的心里，你一辈子记住有个墙洞，墙洞那边有一台电风扇，一个二姐姐，对我来说，这就是最贵重的礼物了。"

　　张汉明趁势握住二姐的手，动情地说："姐，我真舍不得你嫁给别人。"

　　二姐仿佛意识到了什么，她把手抽出来，拍拍张汉明的肩膀："傻弟弟，好好读书吧，有多少好姑娘想嫁给你呢。"

拜 年

大年三十那天，老李叫老伴去买上好的龙井茶。老伴问："买那么好的茶叶干什么？"

老李说："明天就是新年了，新年肯定有一些客人来，我要招待客人。"

以往每逢新年，来老李家拜年的人都络绎不绝。老伴说："往年你当县长，才有那么多人来拜年，今年你退休了，我看他们十有八九不来拜年了。"

老李说："今年来拜年的人当然不会有往年多，所以那龙井茶你不用买太多，一斤就够了。"

老伴说："往年都不买龙井茶，今年怎么用这么好的茶叶待客？"

老李说："往年来拜年的，大多是趋炎附势的人，他们拜的是县长，不是我。今年来拜年的，才是真正的朋友，所以要用好茶叶招待他们。"

老伴连连点头，就去买了一斤上好的龙井茶回来。

满城的鞭炮声，送来了新年。老李和老伴把屋子打扫得干干净净，等待真正的朋友来拜年。可是他们从初一等到初七，竟然没有一个人来。老李悲哀地自语："难道我一个朋友也没有？"

老伴安慰他说："也许明天就有朋友来了。"

老李说："初八以后大家都要去上班了，鬼还来拜年。"

夜晚，老伴问老李："是不是你平常得罪的人太多了？"

老李说："我当县长的时候，确实得罪过一些人，那些人疏远我，可以理解，但小张也不来拜年，我就想不通了。"

小张原来是老李的司机，后来老李帮他转干，又送他去党校学习，一步步提拔上来，现在已经当局长了。更重要的是，老李栽培小张完全是出于诚心，从来没收过小张的半点钱财。老李一直以为小张是他最贴心的朋友，没想到，小张居然也不来拜年。

老李越想越难受，就连夜打电话给小张问："小张，你觉得我这个人值不值得交朋友？"

小张说："老县长，你是我最敬重的人，怎么说这种话？"

老李说："我发现我一个朋友也没有了。"

小张大笑说："老县长，你放心，最少我还是你的朋友。"

老李毫不客气地说："小张，你不要糊弄我了。老实说，我从初一等到初七，没有一个人来给我拜年。我总算把你们这些人看透了。"

发泄过两句，老李心里就舒服了一点，他正要挂电话，小张却在那头说："老县长，恕我无礼，问一句，你从初一到初七，去给别人拜年了吗？"

老李脱口问："给谁拜年？"

小张说："给你的朋友啊！他们给你拜了那么多年，你为什么不给他们拜一回年呢？"

是呀，我为什么不去给别人拜年呢？老李茅塞顿开，第二天，他就去给别人拜年。老李发现，许多人还是他真正的朋友。

劈　神

　　村里挖鱼塘，挖出一个大木头。村民纷纷劈木头当柴烧，可奇怪得很，这种木头只冒烟，不起火。劈过一轮，人们就不劈了。

　　木头静静地躺在鱼塘边，鸟雀在上面拉屎，猪狗在下面撒尿，没有人再理睬它。农闲时候，信神信鬼的母亲对父亲说："村头新建的庙里正缺一尊神，你积积阴功，把这个大木头凿成一尊神像吧。"父亲是个民间艺人，多才多艺，尤其擅长雕塑。父亲叮叮当当地把鱼塘边的大木头凿成一尊神像，安放到村头新建的庙宇里去。从此，村民就对神像烧香、磕头、许愿，最殷勤的自然是我母亲。

　　这年冬天，细雨夹着小雪，飘飘洒洒，终月不绝。我们家的柴烧光了，煮饭都成问题。我想起庙里的神像，劈下来，是可以当柴烧的呀，虽然不起火，但也能把米煮熟。

　　我带上斧头，到庙里劈下神像的右手，回家烧了半天，煮熟了一锅饭。第二天，我又提着斧头到庙里，准备劈下神像的左手。这回被村里人发现了，他们把我扭送给母亲处置。母亲知道我劈神像，气昏了头，举斧在我的手背上砸起老大一个肿块。我捂住手说："什么屁神？那原本是任猪狗在上面拉屎撒尿的木头啊！"母亲不再理我，救火似的跑去庙里烧香，请神恕罪。

　　新庙的旁边是一座小学，教室破烂不堪，有一堵墙壁严重倾斜，用好几根木头支撑着。说来也巧，那天教室的墙上掉下一块墙皮，刚好砸在弟弟的头上。弟弟的额头也像我的手一样，肿起一个老大的包。母亲惊呼："神开始惩罚我们了！孽种，还不快去烧香？"

　　我被母亲押到庙里，给神烧香、磕头、认错，父亲则以最快的速度给神做新的右手。

　　向神认过错后，我顺便到学校去看看，叫老师不要在教室里上课了，那样危险。老师说："我的教学进度已经比其他学校慢一大截了，能不上课吗？"

我看见教室的墙壁好像倾斜得更厉害了，就跑进教室把弟弟拉出来。我和弟弟刚出门口，教室就轰隆一声倒塌了，老师和学生都被埋在里面，一片惨叫。

这场事故，总共压死六人，压伤23人，上课的那位老师断了一条腿。上面派人下来调查，原来村里把集资建校的资金，用去建庙了。

有人问我："你怎么知道教室要倒塌，把你弟弟拉出来？"

母亲抢先替我回答："他刚刚拜过神，是神显灵了。"

母亲的话使我愤怒，我又提起斧头向神庙走去，决心把神劈碎。

钢 琴 师

我的朋友刘宽是远近闻名的钢琴师，许多孩子学了钢琴后，父亲就带他们到刘宽家里，请刘宽鉴定学得怎么样。大家都把刘宽的评语当作圣旨一样。

大姐的女儿婷婷和二姐的女儿小玉一块学钢琴，学了两年后，她们也要请刘宽做一次鉴定。大姐和二姐都跟刘宽不熟，她们就让我当引见人。我先把大姐和婷婷带到刘宽家。

大姐说："刘老师，这是我的女儿婷婷，人挺机灵的，以前学画画、唱歌、跳舞，都比别的孩子学得快，现在学钢琴也一样。钢琴班的老师说，婷婷将来肯定能成为一个钢琴演奏家，我也有意把她往这方面培养。刘老师，您看婷婷行不行？"

刘宽说："先弹一曲给我听听吧。"

婷婷坐到钢琴前，弹了一曲又一曲，直到刘宽叫了两次停，她才停下来。停下来后，婷婷的手还不愿意离开琴键。

大姐兴奋地问："刘老师，婷婷弹得怎么样？"

刘宽笑一笑说："再弹一曲吧。"

他拿了一本乐谱给婷婷，指定里面的一支曲子要婷婷弹。婷婷看一眼那支曲谱，就皱起了眉头，原本灵活的手指立刻变得僵硬了，断断续续竟弹不成个调子。婷婷急出满头大汗。

大姐生气地说："不要弹了！"一手把女儿拉下琴凳。

大姐再也不敢夸女儿了，她尴尬地说："刘老师，让您见笑了。"

刘宽说："没关系，婷婷很聪明，天资也好，只是要学的东西还很多。我把这本曲谱送给婷婷吧。"

婷婷和大姐非常感激，他们把曲谱带回家，看见曲谱，就知道学钢琴的路还很长，不敢松懈。

一个星期后，我把二姐和小玉也带到刘宽家里。刘宽照样叫小玉先弹一

支曲子给他听听。小玉坐到钢琴前，紧张得两手微颤，根本弹不成曲调。

刘宽说："要不这样吧，让小玉先练一会，我有点事出去几分钟，回来再听她弹。"刘宽真的离开了琴房。

刘宽一走，小玉就恢复常态，弹得顺顺利利了。弹了两支曲子，就听到有人在门外鼓掌。我们向门口望去，看见刘宽正鼓着掌走进来。原来他根本没有走远，一直站在门外听小玉弹琴呢。

二姐问："刘老师，您看小玉弹得怎么样？"

刘宽抚摸着小玉的头说："小玉是非常优秀的孩子，只要努力，将来一定能成为一个钢琴演奏大师。"

很少有人得到刘宽这么热情的夸奖，小玉此后练琴充满了信心。

事后，我问刘宽："到底是婷婷弹得好，还是小玉弹得好？"

刘宽说："小玉弹得好，婷婷弹得更好。"

我不解地问："那你为什么难为婷婷夸奖小玉呢？"

刘宽说："给自大的人出难题让她清醒，给自卑的人打气让她自信，这就是教育。"

追债妙计

赖贵买牛时向张军借了一千块钱，说好到他卖猪的时候还。两个月后，他卖了三头大肥猪，却不拿钱还给张军。张军只好到他家里去问，可赖贵说："实在对不起，卖猪的钱全部还给别人了。"

后来赖贵还有过几次大笔的收入，每一回张军去问他还钱，他都说刚好还给别人了。张军背后悄悄调查，发现赖贵根本没有还钱给别人。张军真想把赖贵告上法院，可大家是同村人，不好撕破脸皮，况且借钱时没立借据，万一他抵赖，还告不赢他。

眼看赖贵买的母牛生下牛犊，牛犊也长成大牛可以出卖了，张军那一千块钱还没有踪影。张军对大哥说："唉，我借给赖贵那一千块钱，看来是打水漂了。"

大哥说："我有办法让他乖乖地把钱还给你。"

张军问大哥有什么妙计。大哥说："到他卖牛时，你跟住他，他一拿到钱你就问他还。如果他不还，你就缠住他，尽量在城里消磨时间，太阳下山后才回来。"

张军等大哥说下去，他却不说了。张军忍不住问："要是磨到太阳下山他都不还呢？"

大哥说："你紧紧跟住他，和他一起回家，回到半路，他就会把钱还给你的了。"

两天后是圩日，赖贵真的牵牛进城卖。张军的大哥吩咐张军："快去跟住赖贵，记住，天黑才回来。"

张军没有别的办法，就姑且信大哥一回，悄悄地尾随赖贵来到牛市。赖贵的牛膘肥体壮，毛皮发亮，很快就有人买下了。

买主刚把钱交到赖贵手里，张军就跳出来问："阿贵，这回你该还我那一千块钱了吧？"

赖贵吃了一惊，可眼珠一转就满脸堆笑说："那一千块钱早该还你了，可实在没有办法。昨天我儿子打电话回来说，马上要交两千元给学校，否则就读不成大学了。你看，卖牛得了一千五，还差五百呢，愁死我了。我还得请兄弟再支持一回，能不能再借五百给我？到年底一块还你。"

这个老滑头，真拿他没有办法。张军只好拖住他，在城里看戏、下棋、喝酒，慢慢消磨时间，看到太阳下山了，才回村。

回到半路，天就黑了。乡间土路上已经没有行人，只有张军和赖贵在星月下行走。忽然，从路边的稻草堆后面跳出一个蒙面人来，手里拿着明晃晃的利刀，拦在路中间，嘶哑着声音喊："要钱还是要命！"

张军和赖贵吓得魂飞魄散。张军赶紧说："我没有钱。"

赖贵急中生智，把钱塞给张军说："我把钱还给你了。"

张军正要把钱推回去，可忽然想，这个蒙面人可能是大哥，就冒险把钱收下。果然，蒙面人"抢"钱的时候，轻轻捏了一下张军的手。

回到家，张军的大哥笑呵呵地说："赖贵真够朋友，他还多还了五百元呢。"

张军说："你怎么不早说，差点把我吓死。"

大哥说："预先说好你就不惊慌了，你不惊慌怎么骗的了赖贵？"

快乐夫妻

老何搬入新居后，听到有一户人家每天晚上都弹吉他，唱歌。可能那是一对夫妻，有时是男的唱，有时是女的唱，偶尔还合唱。这歌声和吉他声每晚都是八点钟响起，九点钟停息，很准时。

有一天晚上，吉他声和歌声又响起来了。老何听了一会，问妻子："你说是什么人在那里弹唱？"

妻子说："当然是一对快乐夫妻。"

老何问："他们为什么这么快乐呢？夜夜弹唱，竟然没有一天忧愁。"

妻子说："他们肯定是春风得意了。"

老何和妻子越说越来劲，就猜测起那对夫妻来。先猜年龄。喜欢吉他的人，年纪一般不会太大，应该在35岁以下。再猜职业。这对夫妻绝对不是当官和做生意的，因为那两种人都不可能天天晚上待在家里，更不可能有弹吉他的雅好。老何和妻子年轻时候也喜欢吉他，虽然多年不弹了，但欣赏能力还在，他们听得出，那对夫妻的弹唱水平相当高，所以估计小两口是搞艺术的，十有八九是大学里的音乐教师。年纪轻，职称评上去了，工资长起来了，课余再挣一份外快，这种人不快乐才怪呢。

老何说："人家挣钱可不像我们，一天累到晚才挣三四十元。我们公司以前请过大学里的老师来讲课，那老师往讲台上一坐，喝喝茶，吹吹牛，个把钟头就挣了一千元。"

妻子问："那他们一个月有多少收入啊？"

老何说："至少有一万多。"

从此，老何和妻子再听到那对夫妻弹唱时，心里就不平衡了。

老何说："这世道真不公平，有人愁死，有人乐死。"

妻子对那弹唱声骂道："弹魂啊！一个月挣万把块钱有什么了不起？要这样显摆？"

那对夫妻听不到老何家的叫骂，依旧弹唱不止。老何和妻子越听越难受。妻子终于忍不住说："去看看，叫他们不要吵了。"

老何和妻子寻声而去。出人意料的是，那弹唱声是从一间破旧的平房里传出来的。这不该是大学教师的住所呀。走进破旧的平房，老何看见那对弹唱的夫妻了。他们的衣服又皱又脏，身边摆着各种拆开的电器。这对夫妻显然不是教师，更不是以艺术为业的人，看样子应该是两个修理电器的师傅。可他们的吉他实在弹得好。

最令老何吃惊的是，这对夫妻是两个残疾人，丈夫断了左手，妻子断了右手。弹吉他的时候，丈夫按弦，妻子拨弦，两个人的独手竟配合得像一个人的左右手一样娴熟。老何和妻子早已没有气了，有的只是同情和敬佩。

老何问："你们怎样挣钱过活？"

断了左手的丈夫说："我们帮人修理电器。"

老何问："你们能修好吗？"

断了右手的妻子说："你放心，修电器比弹吉他还容易。"

老何感叹说："难得你们这样乐观。"

小夫妻说："我们断了两只手，已经失去太多，不能再丢失好心情。"

老何和妻子回到家，把收藏了多年的吉他找出来，也学那对残疾夫妻的样，边弹边唱。在弹唱中，他们找回了丢失多年的好心情，也成了快乐夫妻。

问 路

陈兰到城里找丈夫，她丈夫在宏达皮革厂打工。陈兰不知道宏达皮革厂在哪里，就向一个开三轮车的小伙子问路。

小伙子说："宏达皮革厂很远的，走路最少要一个小时。我拉你去吧。"

陈兰问："要多少钱？"

小伙子说："15 元。"

陈兰说："我在家里种地，一个小时挣两块钱都难。我还是走路去。"

陈兰走不了几分钟，就遇到一个十字街口，迷失了方向，不得不再问一个男人："先生，去宏达皮革厂怎么走？"

男人说："你问对人了，我家就在宏达皮革厂旁边，你跟我走吧。"

陈兰随口问："去宏达皮革厂有多远？"

男人说："不远，步行五分钟就到了。"

陈兰说："不会吧？刚才我问过一个人，他说最少要走一个小时。"

男人说："那个人是骗你的，我带你走小巷，连五分钟都不用。"

陈兰心里打起鼓来，这两个人不知道哪一个是骗子。

说话间就来到巷口了，巷子又长又暗，陈兰心里发毛，死活不肯进去。男人问："你怕什么？"

陈兰："这条巷太黑了，我怕进去被人抢东西。我丈夫说，城里坏人可多了。"

男人说："有我呢，不用怕。"

陈兰吞吞吐吐地说："我不知道你……你是好人，还是坏人。"

男人说："你我互不相识，难怪你担心。好，我们走大街。"

听丈夫说，城里人没有一个是好的，都瞧不起乡下人。可这个城里人怎么这么好呢？这个人越好，陈兰越怀疑他是骗子。她连大街都不敢走了，提心吊胆地说："你先走吧，我坐一会。"

陈兰刚坐下，那个开三轮车的小伙子又来了，他把车停在陈兰的身边说："大姐，还是坐车好。"

陈兰想，自己人生地不熟，看来很难走到宏达皮革厂，不如坐车去算了，于是就上了三轮车。小伙子一踏油门，三轮车飞驰而去。

陈兰和小伙子一路上有说有笑，三轮车足足跑了十分钟，才来到宏达皮革厂的门口。陈兰感慨地说："兄弟，幸好坐你的车，如果跟那个男人走，不知道他会带我去哪里。"

她掏出 15 元钱，正要递给小伙子，可突然有人喊："你上当了。"

寻声望去，又见那个城里的男人。陈兰不好气地说："上当？三轮车整整跑了十分钟。听你说才是上当。什么走小巷不用五分钟，亏你说得出口。"

男人说："你自己看这条小巷，是不是我刚才叫你走那条？"

男人身后有一条小巷，果然就是刚才差点走进来那条，其实只要穿过小巷，就到宏达皮革厂了。陈兰质问小伙子："你怎么拉我兜了一大圈？"

城里的男人说："不兜一大圈，他怎么骗得到你的 15 元钱？不过欺诈乘客是要双倍赔偿的，你可以记下他的车号去投诉。"

小伙子哪里还敢要钱？立刻掉转车头，飞也似的逃跑了。

陈兰对城里人说："谢谢你。"

男人笑一笑说："我只是向你证明我不是骗子，不必谢。该谢的是那个小伙子，他让你免费坐了一回车。"

致命的拥抱

在我很小的时候，父亲不知从哪里带回一种果子。我得了果子，爬到高高的炒豆树上去吃，无意中把一粒果核留在了树杈上。第二年，树杈上就长出了一棵小苗。小苗长得特别快，我上小学的时候，它已经和大树一样高了，它的根须沿着大树的枝干爬到地下吸取营养。炒豆树开花结果时，这棵树上树也结出了果实，大人们说这是无花果。

无花果树越长越茂盛，渐渐地，它的枝叶盖过了炒豆树，它的根须也像渔网一样紧紧包住炒豆树的树干。这些渔网似的根须成了现成的梯子，我们爬树摘果方便多了。有一天，一个戴眼镜的城里人来到我们村，在这棵两树合一的树下又看又摸，赞叹不已。他还拍了照片，写了文章，登在报纸上，文章的题目叫做《亲密的拥抱》。上作文课的时候，老师把这篇文章读给我们听，我们对那个城里人佩服得五体投地。我们天天看见无花果树拥抱炒豆树，竟然熟视无睹，那个城里人只看一次，就发现了它们的亲密。

放学后，再看见这棵奇树时，我就忍不住冲动，也写了一篇赞美炒豆树和无花果树亲密拥抱的作文交给老师。老师说这篇作文写得好，他帮我送到城里去参加作文比赛，还得了个二等奖。捧起鲜红的奖状，我就爱上了写作。从此，我几乎天天动笔，不知不觉中，竟发表了一百多篇文章，而时光也过了20年，我早已成了大人，在城里上班，很少回老家了。

有一天，哥哥从老家来，闲谈中说到家乡的奇树。我问那棵树怎么样了，哥哥说："无花果树还在，炒豆树早就死了。"

我吃惊地问："炒豆树怎么会死呢？"

哥哥说："被无花果树缠死的。"

我不信，以为哥哥信口胡说，就特意回老家看个究竟。

回到村里，我发现童年时候爬惯的炒豆树不但早已死去，而且被乡亲们当柴烧掉了，只剩下无花果树枝繁叶茂，耸立云天。当年像渔网似的无花果

树的根须，已经长得密密实实的，没有了网眼，变成一个巨大的圆筒了。父亲在密实的根须上劈开一扇门，把一头小猪关在里面喂养。我探头到里面看看，作为猪圈，这点空间太小了，可作为一棵树的树干，这样的空间已经大得惊人。巨大的炒豆树，千真万确被无花果树缠抱死了，我为它感到悲哀，更为我当年赞美这种致命的拥抱感到羞愧。

谢意如花

李刚和柳红是一对恩爱夫妻。李刚喜欢写作，差不多每天都要写一点。李刚写作的时候，柳红就泡一杯茶，放在他的桌子上。李刚很感激地说："谢谢！"

日子就这样过去，李刚天天写作，柳红天天给他泡茶，习以为常。不知道从什么时候起，李刚看见柳红给他泡茶就不说谢谢了，只是点一下头。再后来，他连头也不点了，心安理得地端起茶来喝，好像那杯茶是从天上掉下来的。

有一天，柳红忘了给李刚泡茶。李刚习惯性地往桌上摸去，结果摸了个空。李刚有点不高兴，就向厨房喊："阿红，给我泡杯茶来。"

柳红赶紧从厨房里出来，泡了一杯茶递给丈夫。李刚接过茶，不但没有表示谢意，还拉长脸说："我天天要喝茶的，你怎么忘了？"

柳红一肚子气，真想大骂一通，可话到嘴边又咽了回去。她实在不想挑起战斗，决定做个示范给丈夫看。

第二天，柳红故意不帮丈夫泡茶，还先发制人地说："我累坏了，给我泡杯茶吧。"

李刚泡一杯茶放在柳红的面前。柳红热情地说："谢谢你！"

本以为示范过后，丈夫会重新学会感谢的，可是，柳红又一次给李刚泡茶时，他依旧什么表示都没有，脸上也毫无表情。柳红故意站在丈夫身边，久久不走开。李刚奇怪地问："你等什么？"

柳红说："等你给我一样东西。"

李刚不耐烦地说："你想要什么？说吧。"

柳红说："我想要一声谢谢，或者给一个笑容也行。"

李刚惊异地望着柳红，一把握住她的手，动情地说："阿红，谢谢你给我泡了那么多茶，更谢谢你的提醒。"

从此，李刚和柳红经常互相道谢。一声"谢谢"，如同盛开的鲜花，给生活带来温馨和快乐。

现场教育

学校今天公布考试成绩，晓明又是满堂红，没有一科及格。他忐忑不安地坐三轮车回到家，磨蹭了半天，才提心吊胆地把成绩单掏出来，远距离地递给父亲。

父亲接过成绩单，看一眼就大骂："你这书是怎么读的？越考越差！再这样下去，长大后你能做什么？"

晓明想，踩三轮车是不需要知识的，又能挣钱，像刚才那个叔叔拉自己回家，一会儿就得了3元。于是晓明嘟囔说："我长大后踩三轮车。"

父亲气得发抖，举起大巴掌就扇过来。晓明见势不妙，转身跑进奶奶的房里。父亲追进房来，还要打晓明。奶奶拦住他说："打骂有什么用？你还不如带阿明出去看三轮车夫蹬车上坡，看过后，你就是买好三轮车，他也不想当车夫了。"

晓明的父亲点头说："这倒是个好办法。"他立刻带上儿子，来到大街上。

现在人力三轮车已经很稀少了，他们在街边站了将近半小时，才看见一辆。晓明的父亲赶紧叫车夫踩过来，车夫是个小伙子，正是刚才送晓明回家的那位。

上车后，小伙子问去哪，晓明的父亲说："你看哪里有长坡就去哪里。"

小伙子莫名其妙，但还是向一个长坡踩去。这段坡特别长，车夫上到一半就踩不动了，只好下车拉着黄明父子走，低头弯腰像一头牛。晓明的父亲指着车夫如弓的弯腰对儿子说："你看，当三轮车夫多辛苦。"

小伙子好不容易把黄明父子拉到坡顶，他累得汗流浃背，气喘如牛。晓明的父亲却说："掉头，下坡。"

小伙子问："怎么刚上来又下去？"

晓明的父亲说："这不关你的事，我付了钱，你只管踩车，叫你下坡你就下坡，叫你上坡你就上坡。"

小伙子不得不掉转车头下坡。刚下完坡，晓明的父亲又说："上坡。"小伙子只好再次连踩带拉把父子俩拖到坡顶。

晓明的父亲就这样坐在车上，指挥小伙子上坡下坡，走了三四个来回，把小伙子折腾得几乎累趴在地上。他这才叫小伙子停下，教导儿子说："你看，当三轮车夫不但辛苦，还要像牛马一样被人随意驱使。你还想当三轮车夫吗?"

晓明说："不想了。"

父亲说："不想当三轮车夫，就要用功读书，读大学，读研究生，毕业后坐在办公室里工作，水不淋，日不晒，人人敬重你，多好。"

晓明说："爸，我以后要用功读书了。"

现场教育收到预期效果，晓明的父亲很满意，准备和儿子回家。小伙子却叫住他问："先生，你知道我读过多少书吗?"

晓明的父亲很不屑地说："你，初中毕业就不错了。"

小伙子说："很抱歉，我正好像你要求你儿子做的那样，读过大学和研究生，还得了个硕士学位。我知道你不相信，恰好我的证件都带在这里，给你看看吧。"

小伙子从车头的小包里掏出几本证书递过来。晓明的父亲接过证书一一翻看，想不到，这个踩三轮车的小伙子，千真万确是硕士研究生毕业。他好奇地问："你怎么来踩三轮车?"

小伙子说："我一时找不到工作，钱又用光了，就暂时借一辆三轮车来拉客。人有走运的时候，也有不走运的时候，但有一样是不变的，那就是人的品格。一个把三轮车夫当牛马驱使的人，即使他坐在最高级的办公室里，也是一个下等人。"

晓明看见爸爸低下头，脸上红一阵白一阵。

准备当英雄

在我居住的城市里，出了一位见义勇为的英雄。这位英雄在银行看见歹徒抢劫别人的巨款，就扑上去和歹徒搏斗。结果，巨款保住了，英雄却被刺了 11 刀，医生抢救了两天两夜，才从死神的手里把英雄的生命夺回来。英雄康复后，市里召开"见义勇为英模报告会"。我想，这是对孩子进行教育的好机会，于是就带上九岁的儿子，到大礼堂去听英雄的讲演。

在报告会上，除了英雄介绍自己和歹徒搏斗的经过外，还有一个戴眼镜的人回忆英雄从小时候到现在的成长过程。听了他的回忆，我才知道，原来英雄从小就乐于助人。例如，英雄小时候住在乡下，有一次他进城，母亲给四元钱给他吃午饭，他却把四元钱都给了一个乞丐，自己饿了一天肚子。

我及时开导儿子说："你看，人不是一下子就能成为英雄的，得从小做起，从小事做起。"

儿子点头说："我知道了。"

听完报告会已是中午，我和儿子从大礼堂出来就去一个小饭店吃午饭。巧得很，我们刚走到饭店门口，就有个乞丐过来乞讨。儿子说："妈妈，我们不吃饭了，把饭钱给乞丐吧。"

我问："你不怕饿肚子？"

儿子说："英雄叔叔小时候饿一天都不怕，我饿一会儿怕什么？"

我摸摸儿子的头说："好，那我们就回家再吃饭吧。"

我把准备用来吃午饭的十元钱给儿子，儿子再双手递给乞丐。乞丐喜出望外，接过钱，连连鞠躬说："谢谢！谢谢！"

我和儿子回到家才做饭吃。吃过午饭，儿子就拿出一个崭新的笔记本，很认真地写字。等他写完后，我拿起笔记本一看，只见封面上很工整地写着"英雄事迹记录本"几个大字。我以为儿子记录今天听到的英雄事迹，可是翻开笔记本，却见里面写他自己今天把吃午饭的钱给乞丐。

我莫名其妙地问："你写这个干什么？"

儿子说："不写下来，到我长大后成了英雄，哪里还记得小时候做过的好事？你看今天做报告的那个英雄叔叔，他小时候做过的好事，每件都清清楚楚。妈妈，你说他小时候是不是一做完好事就记到本子上的？"

我被儿子问得哑口无言。

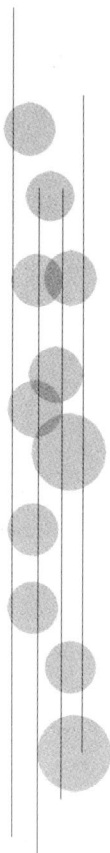

饮恨沙场

杨林是个跳远运动员，可惜成绩不太好，在历次比赛中，从来没进过前三名，总是充当陪跳的角色。

又一年开运动会时，领导和教练就商量：还让不让杨林去比赛？有一个教练说："杨林从来没得过名次，还比啥？干脆让他退役算了。"

一旦退役，就永远没有拿名次的机会了，这一生不就白跳了吗？杨林不甘心，他硬着头皮向领导和教练保证，这次如果让他去参加比赛，他保证能进前三名。领导和教练看他决心这么大，就让他再去试一试。

真应了那句"置之死地而后生"的老话，杨林在本届运动会中超水平发挥，跳得特别好，一路过关斩将，最后奇迹般地夺得冠军。只是他夺得冠军的那一跳姿势非常难看，落地时整个人趴在沙坑里，还吃了一口黄沙。

夺冠回来，杨林受到英雄般的欢迎，但随后举行的一个摄影大赛让他莫名其妙。这次摄影大赛是限定体育题材的，获得特等奖的那幅照片叫《饮恨沙场》，照的正是杨林夺得冠军的一瞬间：杨林侧身歪在沙坑里，手脚、身体和头脸都是黄沙，龇牙咧嘴的，正在吐沙子，那样子好像很痛苦。

杨林找到这幅照片的摄影师说："我那时候正夺得冠军，心里高兴得很，你怎么能说是饮恨沙场呢？"

摄影师说："各人有各人的理解。"

把天空卖给邻居

老赵的儿子阿军在读大学，要很多钱。

有一个学期，已经开学了，老赵还差五百块钱没有筹够儿子的学费。凡是能借钱的人家都借遍了，老赵一时没了主意。妻子说："屋后的邻居不是很有钱吗？为什么不去问问？"

老赵屋后的邻居叫王建发，确实很有钱，但他很少借钱给人，尤其不借钱给穷人。老赵实在是走投无路了，就硬着头皮到屋后去，小心翼翼地问王建发能不能借五百元钱救急。

王建发说："借钱给你，你牛年马月也还不了。干脆你卖一样东西给我吧。"

老赵说："我家里实在没有什么东西可卖了，不瞒你说，凡是值钱的东西都卖光了。"

王建发说："我不要你家里的，我只想买你屋顶上的东西。"

老赵说："屋顶上除了天空，什么也没有呀！"

王建发说："我就是想买你屋顶上的天空。"

老赵以为王建发捉弄他，就不高兴地说："王老板，你不借钱就算了，何必说买天空这种荒唐话。"

王建发说："我说的是真话，五百块钱买你屋顶上的天空，行吗？"

老赵问："那天空你又搬不走，你这不是白给钱给我吗？"

王建发说："我是用五百块钱买一个空中通道，从这个通道，我可以看到远处的风景。"

老赵恍然大悟说："原来你是怕我遮挡你的视线。好，我答应你，五百块钱把屋顶上的天空卖给你。"

王建发做事很郑重，写好一份协议要老赵签字。老赵说："我不会写字，盖手印行不行？"

王建发说："盖手印更好。"

老赵盖了手印，拿到五百元钱，高高兴兴地回家去。

许多年后，老赵的儿子阿军已经当了经理，发了财，他决定把老房子拆掉，建新房。新房建到第二层时，屋后的王建发来劝阻说："你不能再往上建了，你父亲已经把上面的天空卖给我了。"

阿军说："不会吧，我从来没听说过有人卖天空的。"

王建发说："不信问你父亲。"

夜晚，阿军问父亲是否有这回事。老赵说："你读大学的时候，我确实把屋顶上的天空卖给王老板了。"

阿军说："你好糊涂啊！天空怎么能出卖呢？"

老赵说："谁知道我们今天要建新房，那时候还庆幸白得五百元钱呢。人穷的时候，一分钱逼死英雄汉啊！"

老赵决定连本带利把钱还给王建发，取消那份"天空买卖协议"。可是，王建发死活不肯。老赵咬咬牙说："我给一万块钱给你，行了吧？"

王建发说："我不缺钱，我缺的是天空。别说一万，你就是给我十万，我也不卖。"

老赵气愤地说："这天空原本就是我的啊！"

王建发说："曾经是你的，现在是我的了。"

老赵一气之下病倒了。

阿军见父亲病倒了，就不再埋怨他，反而安慰说："老爸，不要生气了，大不了我们只建一层房子，住矮一点，就当天空被狗吃掉算了。"

老赵却说："不要怕，你只管建。"

阿军说："那怎么行？等我们建好了房子，姓王的才要我们拆掉就更麻烦了。"

老赵说："这几天我躺在病床上想通了，只要我一口咬定，根本没有出卖过天空就行了。"

阿军说："你可是签过协议、盖过手印的呀！"

老赵说："我有办法，你尽管去建房，包你没事。"

阿军心里实在没有底，可父亲天天紧催，他只好硬着头皮建房。房子建成后，王建发果然来了，他叉着腰说："快把二楼以上的都拆掉。"

老赵毫不示弱，也叉着腰说："不拆。"

王建发说："限你一个星期拆掉，一个星期后还不拆，我就要到法院起诉起了。"

老赵说："不必等一个星期，明天你就可以去起诉。"

王建发被激怒了，真的第二天就上法院起诉老赵，并交上那份"天空买卖协议"。法院开庭审理此案，王赵两家人和亲朋都去旁听。在法庭上，老赵一口咬定根本没有把天空卖给王建发。法官拿出那份协议，要当庭验手印。

赵家人都捏着一把汗，老赵却从从容容地问："验哪只手？"

法官说："右手拇指。"

老赵伸出手说："对不起，我别的手指都齐全，唯独没有右拇指。"

原来，老赵把右手拇指剁掉了。

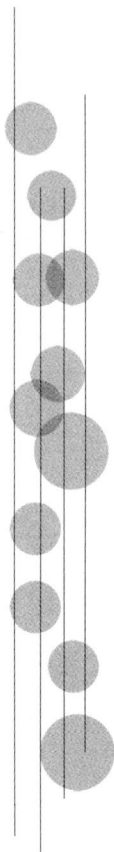

孙悟空退休

一天，唐僧对三个徒弟说："为师接到天庭的通知，鉴于取经队人浮于事，浪费严重，为节约开支，必须进行机构改革，精简百分之二十五的人员。按照这个比例，刚好是精简一个人。大家议一议，看精简谁最合适。"

孙悟空说："我看精简八戒最合适，他不但干活少，还贪吃贪睡。"

猪八戒嘟哝说："我是多吃一点，多睡一点，可从来没误过赶路，除妖的时候还出过大力气。师傅，您可不能无缘无故让我下岗啊！"

唐僧不愿大家闹矛盾，就安慰猪八戒说："出家人以慈悲为怀，为师岂能让你无故下岗？"

唐僧瞧一瞧沙僧，希望他主动承担这个精简名额，沙僧却说："师傅，我是您最老实的弟子，犯的错误也最少，您不至于让我下岗吧？"

唐僧只好苦笑说："为师知道。"

精简谁呢？唐僧犹豫不决。猪八戒凑过来说："猴哥犯的错误最多，不如把他精简掉算了。"

孙悟空说："我几时犯过错误？"

猪八戒说："你头上的金箍咒被师傅念过多少次了？你不犯错误？难道是师傅犯错误，乱念你的咒？"

在这节骨眼上，孙悟空哪里敢得罪师傅，不得不软下来说："就算我犯的错误最多，可我立功也最多呀，将功抵过已经绰绰有余了。"

唐僧说："罢了罢了，让为师好好想一个晚上再说。"

唐僧整整想了一个晚上，第二天对孙悟空说："悟空，为师决定让你提前退休。"

孙悟空问："为什么让我退休，不让八戒和沙师弟退休？"

唐僧说："你是我的大徒弟，工龄最长，你不退休谁退休？"

孙悟空说："可我还是壮年，正是大显身手的时候呀！"

唐僧说："为师考虑到了，所以提你三级工资，也算不亏待你了。"

不干活还能多拿钱，孙悟空万万想不到有这种美事，就爽快地说："既然如此，那我就提前退休吧。"他乐得回花果山享清福。

孙悟空退休后，唐僧骑上白龙马，领着猪八戒和沙僧，继续往西天取经。一日，正走在大路上，平地冒出一股黑烟，黑烟立刻变成一个妖怪，拦在路中间，不让他们过去。这个妖怪瘦不拉几的，也没多大本事，但比猪八戒和沙僧厉害。只斗了几个回合，猪八戒和沙僧就败下阵来。唐僧赶紧叫猪八戒去花果山请孙悟空。

孙悟空赶来时，唐僧已经被妖怪抓到山洞里去，沙僧在洞口徒劳地敲打石壁，把喉咙都喊哑了。孙悟空说："沙师弟，让开，看俺老孙的。"

他化作一缕青烟，钻进山洞，不到一顿饭的工夫，就把唐僧救出来了。

唐僧重获自由后，痛定思痛，决定用双份工资返聘孙悟空继续随队去西天取经，专门负责除妖开路。报告打到天庭，玉皇大帝居然批准了。这样，孙悟空就领到了三份工资，取经队的开支自然也比精简机构前大得多。

猪八戒嘟哝说："师傅，猴哥又回来，那咱这机构不是没精简吗？"

唐僧说："怎么没精简？悟空现在是编外人员，不占编制名额。在职人员由四个减少到三个，刚好精简了百分之二十五。"

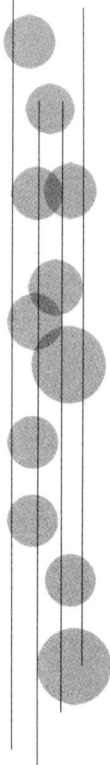

提 防

夜晚，林梅开着出租车，在大街上慢慢行驶，行人道上有一位女孩伸手招车。林梅正要开车过去，就被另一辆车抢了先。奇怪的是，女孩低头往那辆出租车里看一眼，并不上去，挥手让司机走。林梅想，女孩肯定是问了一下价，嫌太贵。不知是司机开价太高，还是女孩太抠门。

附近没有别的乘客，林梅把车开到女孩身边试试运气。女孩一伸手，林梅就停下车。女孩像刚才一样，低头往车里看一眼。林梅等她问价，心想，我就按规定的价格收，越抠门越不让她占便宜。可是，女孩一声不吭，开门就上了车，坐好后，才说："去东湖花园。"

东湖花园是一处新开发的居民区，很远。林梅怕她下车时赖账，就预先提醒说："去东湖花园最少要四十块钱哩。"

女孩说："知道了。"

看样子，她并不是一个抠门的人，可刚才她为什么不上那辆车呢？林梅一边开车，一边忍不住问："你刚才为什么不上那辆车？"

女孩说："那是个男司机。我不喜欢坐男司机的车。"林梅会心地笑笑。

林梅不再多嘴，专心开车。女孩却主动问："师傅，您贵姓？"

林梅说："免贵姓林。"

女孩说："那我就叫您林大姐吧。"

林梅说："好呀，我巴不得有你这么一个漂亮的小妹妹。"心里却想，看样子都二十出头了，怎么还这样天真？

这个天真的女孩子却教起林梅来，她一本正经地说："林大姐，你可千万不能放钱在身上呀，现在坏人多得很。有些人用烟喷你，你就会乖乖把钱给他的，还有人为几百块钱就敢杀人。我身上的钱很少超过一百块的，晚上更要小心，我现在就只带五十多块钱，万一遇到抢劫的，就给他算了。"

林梅说："我和你不同，总不能每拉完一趟客人就送钱回家呀。"

女孩说："那你也要把钱藏在座位下，或者其他保险的地方，千万别放在身上。"

林梅说："你真是个好心妹妹，谢谢你。"

林梅一路和女孩说话，不知不觉就到了东湖花园。一个中年妇女早就等在小区门口了，女孩一见她就喊："妈。"

林梅把车停在中年妇女身边。女孩竟忘了给车钱，她飞快地打开车门，钻出去。中年妇女问："钱带来没有？"

女孩把一个鼓鼓囊囊的皮包递给中年妇女说："带来了，十万元，都在里面。"

林梅说："小妹妹，你还没给车钱呢。"

女孩回头说："喔，对不起。"把四十元钱递过来。林梅收下钱，就开车走了。她心里酸溜溜的，这个貌似天真的女孩，一路上竟把自己当歹徒提防，而且那么老练。

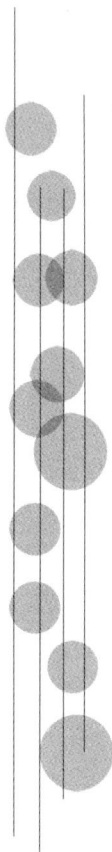

不准你做强盗

哥哥建房子，钱不够，阿兰答应借两万元给他。哥哥叫阿兰把钱打到他的银行卡里，阿兰说："还打什么卡？我正想回去看看妈，顺便把钱带过去给你就行了。"

出门的时候，女儿玲玲也追出来，要跟妈妈一起去看外婆。阿兰拗不过女儿，就带着她一块儿出发了。

阿兰来到公路边，拦了一辆过路的客车。上车后，她看见一个小伙子的身边有一个空位，就问："我可以坐这里吗？"

小伙子望了阿兰母女俩一眼，不说话，却将身子往旁边让一让，示意阿兰可以坐。阿兰坐下后，把女儿抱在膝盖上，要她叫叔叔好。

玲玲很亲热地叫："叔叔好。"

小伙子迟疑了一下，才回应一声："小朋友好。"

玲玲一点不怕生，居然伸出胖乎乎的小手，摸了一下男人的脸说："叔叔你真像我大舅。"

阿兰在女儿的手上轻轻打一下，小声训斥："不得无礼。"

女儿嘟起嘴，眼泪汪汪的，委屈地望着小伙子，既可爱又可怜。小伙子忍不住也摸一下玲玲的脸，说："没事。你女儿真可爱。"

玲玲破涕为笑："叔叔，你真好。"

阿兰忍不住仔细打量小伙子，觉得他真像自己的大哥，就说："你长得确实像我大哥，越看越像。"

小伙子说："是吗？你大哥是干什么的？"

阿兰叹一口气说："唉，我大哥去广东打工，半年前死在工厂里了。"

这辆客车就是从广东开过来的，阿兰看小伙子的衣着有点像打工仔，就问："你也是在广东打工吧？"

小伙子点点头，算是回答。阿兰又问："你在广东还好吗？"

小伙子苦笑说："好，跟你大哥差不多。"

自从大哥死后，阿兰变得很敏感，她不高兴地说："你取笑我？"

小伙子说："对不起，可我真的很糟，辛辛苦苦干了大半年，没领到一分钱，连老板都负债逃跑了。家里母亲治病要钱，弟弟读书要钱，我娶媳妇也要钱……不说了。"

没想到小伙子也这么难，如果是熟人的话，阿兰真愿意借点钱给他，现在仅仅是同车的乘客，就爱莫能助了。

汽车出了村庄，穿过一片田野，小伙子突然问："哎，你去哪？"

阿兰实话实说："我大哥死的时候，老板赔了几万元，我二哥拿这笔钱建房子，钱不够，叫我借两万。我现在就是送钱去给二哥的。"

阿兰拍拍鼓胀的小袋子，两万元就装在里面。

小伙子望着钱袋问："你不怕被人抢？"

阿兰说："我娘家很近的，翻过前面那座山就到了。"

说话间，汽车开始翻山了。山路弯弯，树木茂盛，不时有树枝扫到车窗上来。快到山顶时，小伙子突然跳到过道上，大喝一声："把钱交出来！"

他的手里多了一把利刀，寒光闪闪，脸上充满杀气，一点也不像阿兰的大哥了。乘客一片骚动，不知如何是好。

小伙子挥动利刀，厉声喊："统统坐着别动，谁动杀死谁！"

一车人真的不敢动了，乖乖地坐在座位上，每个人的目光都盯着小伙子手里的利刀，生怕捅到自己的身上来。

小伙子用刀指着乘客，一个个逼他们给钱。没有一个乘客敢反抗，都颤抖着手把钱掏出来。

阿兰后悔自己轻信坏人，更后悔把两万块钱告诉这个坏蛋。她几次想把钱扔出窗外，可外面是陡峭的山岭，扔出去跟被抢没多大差别。

阿兰正左右为难间，利刀就指到她的面前了。看着这个长得很像大哥的家伙，阿兰掏出一千块钱哀求："小兄弟，我给你一千元，求你不要抢我。"

小伙子犹豫了一下，居然连这一千元也不要。他出人意料地放过阿兰，转去威逼别人了。

玲玲眨着大眼睛，莫名其妙问："妈妈，叔叔怎么变成强盗了？"

阿兰赶紧捂住女儿的嘴，小声说："我的小祖宗，千万别出声。"

没多久，车上的乘客除了阿兰外，都被搜遍了，有几个女人开始哭泣，

越哭越伤心。小伙子抢了钱，就喝令司机停车，让他下去。司机乖乖地把车停下，不等吩咐就打开车门。

眼看小伙子就要跳下去了，玲玲突然大声喊："叔叔，我不准你做强盗！"

小伙子回头看看玲玲，像灵魂出窍的人突然魂魄归来，站住不动了。

玲玲索性站在椅子上，又喊："叔叔，没有钱叫我妈妈给你。不要做强盗，强盗是坏人。"

阿兰这才回过神来，她飞快地把女儿拉进怀里，紧紧抱住，生怕强盗过来要她的小命。

小伙子却不过来，脸上的杀气反而渐渐消退了，橄榄似的喉结上下滑动。他忽然收起刀说："小朋友，谢谢你提醒我。"纵身跳下车，钻进树林不见了。

在小伙子站过的地方，留下一堆钱。钱财失而复得，乘客们喜出望外，争着来抱玲玲，又大骂那个强盗不得好死。

玲玲郑重地说："那位叔叔已经不是强盗了，不要骂他。"

征　婚

老爷爷辛苦一生，挣下千万家产，本想安度晚年，可是老天不作美，一场车祸使他失去了所有亲人。

老爷爷成了孤寡老人，常常对着夕阳独饮，伤心又寂寞。他决定找个伴度过余生，就在报上登了一则征婚启事，如实地讲了自己的情况和打算。

两天后就有人来应征了。老爷爷以为应征的是老太太，见面时却发现对方是妙龄少女。少女自称小芳。

老爷爷说："我是征老伴，不是征孙女，你快回去吧。"

小芳嫣然一笑说："老先生，我就是专门来做你的老伴的，现在最时兴老夫少妻。今晚我就留下来照顾你。"

小芳反客为主，沏了一杯茶，恭恭敬敬地捧给老爷爷。老爷爷说："难得你小小年纪，这么会照顾人，要是你不觉得委屈，那就留下来吧。"

小芳使尽浑身解数，把老爷爷逗得像个孩子，笑声不断。傍晚，老爷爷要下厨房煮饭。小芳说："让我来，你去休息，别累坏身体。"

老爷爷说："我的身体好得很，别看我70岁了，一口气还能做90多个俯卧撑。"

小芳睁大眼睛说："你还能做90多个俯卧撑?!"

老爷爷说："怎么？你不信？不信我做给你看。"他真的双手撑地，做起俯卧撑来，一边做，一边数："1、2、3……"

老爷爷数到80多时，小芳看不下去了，她想：这么壮的身体，再过二三十年恐怕也死不了。不等老爷爷做完俯卧撑，小芳就借故走了，这一走就再也没有回来。

老爷爷很惋惜，不知道自己什么地方得罪了小芳。

此后还来过几个应征的女人，可老爷爷总觉得她们比小芳差得远，所以一一回绝了。老爷爷依然对夕阳独饮，一个人喝醉全家不醒。

有一天，老爷爷喝了几口酒后，感到腹部隐隐作痛。他到医院去检查，医生说他患了癌症，最多还能活两年。老爷爷很豁达地说："两年也不错了。"他并不怕死，很平静地处理后事，把千万家产都捐给了希望工程和孤儿院。

老爷爷还有一个心愿，就是在死之前再见一眼小芳。他在报上又登了一个启事，说自己快要死了，希望小芳来让他看最后一眼。启事登出后，小芳很快就来了。她对老爷爷的病情很关心，带老爷爷到医院复查。眼看医生确诊为癌症晚期，小芳揉红了眼睛，说要跟老爷爷结婚。

老爷爷说："你不要糟蹋自己，我是快进棺材的人了。"

小芳说："你不知道我有多么爱你，再不结婚，我就没有机会了。"

老爷爷非常感动，就和小芳去领了结婚证。

领了结婚证后，老爷爷对小芳说："我把钱都捐给希望工程和孤儿院了，我带你去看看那些可爱的孩子。"

小芳如闻晴天霹雳，两腿一软，就昏倒在老爷爷的怀里。

渴望母爱

阿兰一岁多时，母亲就去世了，所以在她的记忆中，根本没有母亲的印象。阿兰想知道母亲是什么样子的，就问奶奶，奶奶说："你母亲长得很漂亮，跟阿香的妈一个样。"

从此，阿兰常常看着阿香的妈出神，望着她，就像望着自己的妈妈。

阿兰叫阿香的妈做二婶，其实她不是亲二婶，只是同村人，大家都习惯叫得亲热一些。二婶对阿香很好，帮阿香编辫子，扎蝴蝶结，漂亮极了。

阿兰说："二婶，你也帮我编辫子，扎蝴蝶结，好吗?"

二婶说："我现在没有空，过两天吧。"

阿兰以为二婶过两天真的会帮她编辫子，扎蝴蝶结，就准备好扎蝴蝶结用的花布条，可是两个月过去后，她的头上依然只有一头乱发。这使阿兰更加羡慕阿香。

阿兰差不多天天到阿香家去玩。阿香家院子里有一棵红枣树，红枣还没有熟，阿香就邀我偷红枣吃。

阿兰说："我不敢，我怕你妈打。"

阿香说："我妈不在家。"

阿兰说："你妈不在家我也怕。"

阿香嫌她胆子小，就自己偷红枣。红枣树上有很多刺，阿香上不去，就用棍子打，正打得起劲，二婶就回来了。二婶气得破口大骂，揪住阿香，举起巴掌就打。

阿兰想，这回阿香苦了，谁知，二婶的手掌举得高高的，落下来却轻轻的，印在阿香的脸上简直就是抚摸。阿香丢下竹棍，嘻嘻哈哈地笑着跑了。

那一晚，阿兰做了一个梦，梦见二婶也像打阿香一样，轻轻地打她。二婶的手掌那么软，那么温柔。

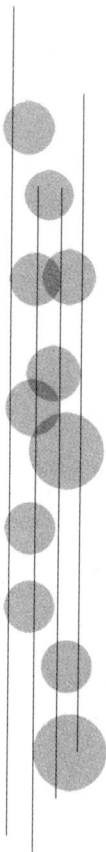

第二天，阿兰也像阿香那样，用棍子打阿香家的红枣树。打了三四下，二婶就从屋里出来了，她大骂："小畜生，你竟敢偷我的红枣！"

阿兰扔掉棍子，站着不动，等二婶来捉她。二婶抓住她，又高高地举起巴掌。

阿兰闭上眼睛，等待她的巴掌轻轻地印在我的脸上。可是，阿兰听到"拍"一声脆响，左边脸又辣又痛，嘴里又咸又甜，吐一口到地上，竟是红红的鲜血。

二婶的一巴掌，使阿兰一下子长大了，从此，她再也不做渴望母爱的白日梦。

半夜谁敲门

李老头卖水果到半夜才收摊，回到家刚睡得迷迷糊糊，就有人来敲门。李老头问："谁呀？"

门外的人答："买水果的。"

李老头披衣起床，老伴拉住他说："小心，哪有半夜三更买水果的？会不会是坏人？"

李老头说："我们家要财没财，要色没色，怕什么？"他坦然地把门打开。

从门外进来一个年轻人，确实是来买水果的。李老头问："你怎么下半夜才来买水果？"

年轻人说："我儿子一觉醒来，大哭大叫要吃东西，给什么他都不要，他只要柑子。"

买了两斤柑子，年轻人就急急忙忙地走了。

李老头回到床上躺了一会，那个年轻人又来了，他说还要买几个柑子。李老头说："你是不是故意折腾我？"

年轻人说："实在对不起，刚才买的柑子我儿子死活不要。"

李老头说："那是最好的柑子了，你儿子还不要，他想要什么柑子？"

年轻人说："我儿子说那些柑子没有叶子，他要带叶子的柑子。"

李老头沉下脸说："哪有这么不懂事的孩子？回去把你儿子带来。"

年轻人苦着脸说："李大叔，你就卖几个带叶的柑子给我吧，我儿子正在家里滚地呢。"

李老头说："买柑子容易，教儿子难。快回去把你儿子带来，让我教教他。"

年轻人只好回去带儿子来。

李老头坐等年轻人带儿子来。老伴说："你这么多事干什么？拿几个带叶的柑子给他不就行了？"

李老头说:"我看不惯。"

一会儿,年轻人带着他的儿子来了。他的儿子大约四五岁,一身脏兮兮的,可见刚才在家里滚得厉害。

李老头问他:"你想吃柑子吧?"

小孩点点头说:"我要带叶的。"

李老头说:"带叶的柑子是给好孩子吃的,你半夜三更又哭又叫又滚地,不是好孩子,只能吃没有叶的柑子。"

"不,我就是要带叶的!"小孩立刻哭叫起来,还倒下去滚地。

李老头说:"慢点慢点,让我把桌子搬开你再滚。"

李老头真的搬开桌子,腾出一大片空地来说:"可以了,你滚吧,尽量滚久点,能滚到天亮更好。"

小孩翻眼望父亲,年轻人想去哄他,李老头抓住年轻人,示意他别动。小孩估计滚地不起作用,就自己爬起来,抽抽咽咽地说:"我不要带叶的柑子了。"

年轻人惊喜地说:"李大叔,你真有办法。"

李老头说:"是你太没有办法。现在儿子要带叶的柑子,你能半夜来敲我的门,有一天他要你给一座金山,你向谁求救?竹子不可折,孩子不可宠啊!"

蚂蚁过火

有一年冬天，我和父亲到山上开荒，把荆棘和杂草砍下来烧掉。那块山地很肥沃，荆棘杂草长得特别茂盛，躲在草丛里的虫也特别多。

当我们砍到最后一丛荆棘时，发现荆条上有一个巨大的蚂蚁窝，黑糊糊的，像一个箩筐。荆条一倒，蚂蚁窝就破了，成千上万的蚂蚁从里面蜂拥而出。父亲喊我："快，点火！"

我和父亲立刻点火，很快烧起一圈火墙，密不透风地把蚂蚁围在中间。我和父亲不断往火里加干草，让火墙更厚，火焰更旺。烈火迅速向蚂蚁烧去。

蚂蚁四散逃命，可无论它们逃向哪个方向，都有火焰挡住去路，它们不得不掉转头。风吹火旺，蚂蚁占据的空间在烈火的蚕食下越缩越小，黑压压的蚂蚁徒劳地爬来爬去。我想，蚂蚁这回肯定全军覆没了。可是奇了，我忽然发现火墙里面多了一个黑球，仔细一看，那黑球竟是蚂蚁。黑球先是拳头一样大，不断有蚂蚁粘上去，渐渐地，最后竟变成篮球那么大。黑球像篮球那么大时，地上就没有蚂蚁爬动了。在逃命的关头，成千上万的蚂蚁居然能抱成一团，太神奇了，即使是人也很难做到。

这么多蚂蚁抱成一团干什么？父亲不知道，我也不知道。我们正纳闷，就看见那个大蚁球像皮球一样滚动了。黑黑的蚁球向红红的烈火滚去，立刻听到噼里啪啦一阵响，那是烈火把蚂蚁烧爆了。外层蚂蚁被烧死，脱落在地上，但里面的蚂蚁安然无恙，越过火墙后仍旧抱成一团，滚下山去。

我和父亲捡起一些死蚂蚁，有的刚刚烧死，有的已经烧成焦炭。

父亲把蚂蚁捧在手心里，久久不愿放下，他感叹说："这东西通灵啊！"

看着这些死蚂蚁，我油然想起慷慨就义的英雄和团结、牺牲、坚强等等美好的字眼。

小小的蚂蚁令我肃然起敬。

吃苹果

小时候我家里穷，隔壁的张家和我们一样穷，过年时，父母就跟张家商量，两家合买一筐苹果。整筐买是按批发价的，虽然一筐苹果中有十多个带着烂点，但价钱比水果摊上零售的便宜得多，只是称一称好苹果，就很合算了，何况那几个坏苹果，挖掉烂点一样可以吃，味道跟好苹果也差不多。

我们家分得八个烂苹果和几十个好苹果。我想吃好苹果，可是母亲说："先吃坏的，明天再吃好的。"她把坏苹果上的烂点挖掉，递一个给我。

我拿着挖过的苹果到门外去，看见张家的军哥也拿着一个苹果。他手里的苹果居然是完好无损的。

军哥向我炫耀："你的苹果不如我的好。"

我说："明天我就吃好苹果了，比你的还要好。"

没想到，第二天，我们家的苹果又有几个带上烂点了。母亲依然要我们先吃烂苹果。更气人的是，每当我们吃完烂苹果的时候，好苹果中就会冒出几个烂苹果来。这样我们一家人从始到终，一直吃烂苹果，从没吃过一个好苹果。

奇怪的是，张家人却天天吃好苹果。我忍不住问军哥："你们家的烂苹果到哪去了？"

军哥说："我们家那八个烂苹果早就丢进垃圾桶了。"

其实，这些天母亲挖掉的烂点，加起来比八个苹果多得多。我们白白错失了吃好苹果的机会。

我们家和张家的房子都破烂不堪。我和军哥上初中那年，张家就把旧房子拆掉，借钱建了新房。他们家的新房漂亮极了，我非常羡慕，就对父母说："我们也借钱建新房吧。"

母亲说："这种寅吃卯粮的事不能干，我们慢慢积钱。"

　　张家的新房对我们家是无言的压力，父母干活更加卖力，以最快的速度积钱。张家也不放松，以最快的速度挣钱还债。不同的是，我们劳累一天后，回到低矮的黑房，风雨交加之夜就手忙脚乱找盆桶接漏，还担心房屋倒塌压着人，互相叮咛说："千万记住，听到房顶响就往外跑。"而张家忙碌一天后，回到漂亮的房里高枕无忧。

　　整整过了十年，我们家才积够建房子的钱。当我们把新房建成的时候，张家也刚好把建房时借的债务还清。张家和我们家实力相当，但他们比我们早住十年新房。

　　最近，张家贷款买了一辆小轿车。我跟父母说："我们也贷款买轿车吧。"父母异口同声地呵斥："你疯了！"

　　唉，我们永远是吃烂苹果的人家。

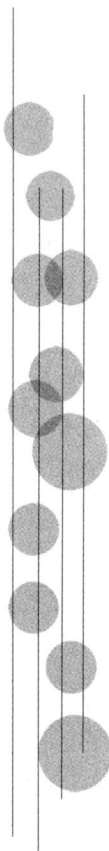

谁碰歪了地球仪

林老师叫小玲和小琴到办公室剪纸花，准备出国庆节的墙报时作装饰用。她们正剪着纸花，校长进来问："你们说，这个地球仪器为什么是歪斜的？"

办公桌上确实有个歪斜的地球仪。小玲赶紧说："校长，不是我碰的。"

小琴也表白说："我离地球仪最远，更不会碰到。"

校长摸了一下地球仪器，摇头说："太可笑了。"说完拿一本书就出去了。

校长走后，林老师责怪说："你们怎么能说没有碰到地球仪呢？"

小玲和小琴说："我们真的没有碰到地球仪。"

林老师说："可办公室里只有我们三个人，你们两个都没碰，难道是我碰的？"

小玲和小琴惊慌地说："老师，你也没有碰。"

林老师说："我们都没有碰，难道是校长错怪了我们？"

小玲和小琴无言以对，就低头剪纸花。林老师不高兴地说："别剪了，先把这件事搞清楚。"

到底是谁碰歪了地球仪呢？小玲和小琴可怜巴巴地说："老师，您说谁碰就谁碰吧，我们听您的。"

林老师说："我不是有意难为你们，你们一心一意剪纸花，纸条呀，剪刀呀，挥来舞去，说不定，一不留神，碰到了地球仪，自己还不知道呢。这个地球仪是校长的宝贝，你们刚才也看到了，校长已经生气了，要争取主动啊！"

小玲和小琴问："我们怎样争取主动？"

林老师说："你们每人赶快写一份检讨书交给校长，就说你们剪纸花时无意中碰歪了地球仪，请校长原谅，以后进办公室保证万分小心，再也不犯这种错误了。"

小玲和小琴根据林老师的授意，每人写了一份检讨书交给校长。

校长看了检讨书说："你们没有碰地球仪，为什么要违心地说碰了？就算是碰了一下，也没有错嘛，何必写检讨书？"

小玲和小琴不解地问："校长，你刚才进办公室的时候，不是怪我们碰歪了地球仪器了吗?"

校长大笑说："谁见过不歪斜的地球仪？地球倾斜二十三度八，这是地理常识。我只是随口问一下，看你们懂不懂这点知识，根本没有别的意思，你们怎么弄出这么离谱的事来?"

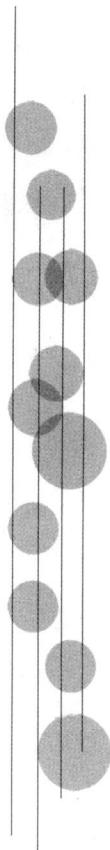

富 与 害

我的儿子小亮又一次把"富"字写成"害"字，我很生气，忍不住打了他一巴掌，小亮呜呜地哭起来。

父亲说："不要打小孩，写错个把字有什么要紧？"

我说："爸你不知道，他今天是第三次把'富'写成'害'了。"

父亲说："这两个字很难写吧？让我看看。"

父亲根本不识字，但他坚持要看，我就指给他看哪个是"富"字，哪个是"害"字。父亲说："'富'字和'害'字这么像，难怪孩子写错。"

儿子有了同盟军，就挺直腰杆说："这两个字就是太像了，一不小心，'富'就成了'害'。"

父亲若有所思地说："是啊，富真是太容易变成害了。但富和害，一个是天，一个是地，一个是黑，一个是白，绝对不能弄错。来，爷爷教你辨认富和害。"

我不耐烦地说："爸，你又不识字，还是让小亮自己写吧。"

父亲说："我不识字，可我心里明白。"

父亲先叫小亮在白纸上工工整整地写一个"富"字，再让我检查是否写对。我看了一眼说："写对了。"

父亲说："好，我们现在是真心写一个'富'字，就像乡干部真心要农民脱贫致富一样。四年前，干部们见苹果价格高，就叫我们在麦地上挖坑，种苹果树，他们把这叫富民工程。全村家家户户种苹果，等着几年后卖苹果，致富奔小康。四年后，也就是今年，苹果丰收了，堆积如山，价格很低，我们种的品种又不好，很难卖出去，就算卖出去，也不够肥料和农药钱。那么好的地，白白浪费了四年，富民工程成了害民工程。当初种苹果越积极的，现在就越缺粮，有的人吃饭都成了问题。外公在城里有你们，没米下锅可以到这里吃，还可以问你们给一点钱。那些没有人在城里的乡亲可就惨了，他们问谁给粮？问谁给钱？"

小亮说："问乡干部呀，当初就是他们叫农民伯伯种苹果的。"

父亲说："乡干部是真心想写一个'富'字的，只是一不小心写成了'害'字，农民伯伯不怪他们。"

小亮说："农民伯伯真好。"

我想起乡下那些干部和乡亲，心里沉甸甸的。

父亲又叫小亮在那个"富"字的旁边写了一个"害"字。他看着这两个字，动情地说："小亮，你可千万不能把富写成害啊！"

小亮说："爷爷，我看清楚了，不会写错的。"

但愿小亮一生能明辨富与害，特别是，如果有一天他当领导的话。

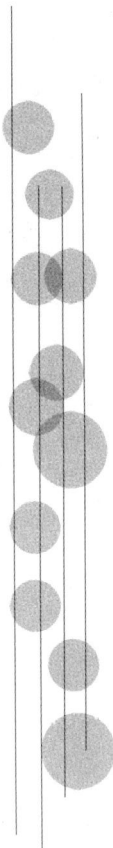

大力女孩

省举重队的杨教练到一所山村小学选拔举重新苗，老师们说，三年级四班的王霞人小力气大，学举重肯定行。杨教练问："你们怎么知道那女孩力气大？"

老师说："我们学校在山坡上，用水要到山下去取。别的孩子是两个人抬一桶水，只有王霞能独自提一桶水上来。这孩子不但力气大，人品也好，他们班用的水是她一个人包呢。"

杨教练说："带来看看。"

老师把王霞带到杨教练的面前。王霞又黑又瘦又矮小，一副弱不禁风的样子。

杨教练问："你们叫错人了吧？"

老师说："没错，她就是王霞。"

老师又自作主张地吩咐王霞说："这位杨教练想看你有多大力气，你看操场边那些石头，尽你的力，能举哪块，就举哪块。举给杨教练看看。"

王霞点点头，向操场边那几块大石头走去，杨教练和师生们也跟过去。王霞扳动一块估计有三十公斤重的石头，侧头看一看。

杨教练说："这块你举不动的，换一块小的吧。"

王霞不听，偏要挑一块更大的，一俯身就把石头抱起来了。

杨教练惊呼："小心，别伤着手脚！"

他正要过去保护王霞，可这黑瘦的女孩已经把石头托过前胸，奋力一挺，就举过头顶了。王霞举着石头，在原地转一圈，问杨教练行不行。

杨教练说："行了行了，快放下。"

王霞稳稳地把石头放回原处。

这个黑瘦的小女孩竟有如此神力，杨教练问体育老师是怎样训练王霞的。体育老师说："根本就没有训练过。"

杨教练又问王霞，在家里有没有人教她举重。王霞说："没有。"

杨教练不信，凭经验，他断定王霞是经过严格训练的。杨教练决定到王霞的家里探个究竟。

当天傍晚，杨教练在体育老师的带领下，悄悄来到王霞的家。走进那间低矮的旧瓦房，杨教练惊呆了，他看见瘦小的王霞正抱着一个中年妇女往外走。中年妇女虽然很瘦，但最少有八九十斤，压得王霞踉踉跄跄。

杨教练抢上前说："我帮你抱吧。"

王霞边走边说："我抱我妈去洗澡，你是男人，不行。"

洗澡间在瓦房隔壁，一会儿，王霞就帮母亲洗完澡，又把她抱回来，放在床上。她累得满头大汗，气喘吁吁。

原来王霞的父亲去世后，家里只剩下她和母亲。真是祸不单行，前年母亲一病不起，瘫痪在床不能动弹了，吃洗拉撒都靠王霞料理。

王霞的母亲躺在床上流泪说："太难为这孩子了。我要死，她不让，还抱我洗澡。别人的孩子这么小还在妈妈的怀里撒娇啊！"

杨教练明白了，王霞的力气是抱母亲练出来的。他抚摸着王霞的头说："你的力气让我心痛啊！带上母亲跟我一块儿走吧。"

十年后，王霞成了叱咤风云的举重名将。

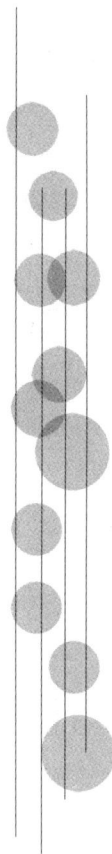

阿梅的心事

阿梅在一所山村小学当代课老师，她做梦都想转正。转正有两条途径，一条是靠关系，另一条是靠成绩。阿梅没有关系，只好千方百计出成绩。按县里的规定，所教班级的学生考试平均分连续三年进全县前三名，老师就能转正。山村学生要考过城里的学生比上天还难，可阿梅居然上来了，她教的学生考试平均分连续两年进入全县前三名。今年如果再进前三名，阿梅就能转正了。

阿梅加倍努力一年，人瘦了十斤，才在六月的骄阳里迎来第三学年的考试。凡是教材上要求学生掌握的，阿梅都让学生烂熟于心了，她觉得今年最有希望，可试卷发下来后，阿梅却傻了眼。试卷上占分最多那道题竟然是超纲题，是教材上不要求学生掌握的，阿梅也从未跟学生讲过。这种超出教材要求的题目，城里的尖子生能做，山村的学生肯定一个也不会做。阿梅的转正梦眼看就要破灭了，她在教室外着急地走来走去。

真是老天有眼，忽然有人喊监考老师去听电话，监考老师请阿梅帮看一会。教室里坐的正是阿梅教的学生，她不假思索地讲了那道超纲题，刚讲完，监考老师就回来了，好险。阿梅赶紧远离教室，她的心怦怦直跳，感觉是做了一回贼。

阿梅相信今年还会进前三名，可是成绩出来后，她看见自己班的平均分列全县第四名，与第三名仅差 0.3 分。阿梅不服，去查试卷，结果发现她最看重的班长居然让那道超纲题空着，什么也不写。这个班长是穷人家的孩子，阿梅给过他无限关怀，他这个学期的学费还是阿梅帮交的。只要小班长答对这道题，全班的平均分就会上升 0.5 分，进入全县前三名，阿梅的转正梦也跟着变成现实了，可小东西偏偏不写。

阿梅找到小班长，问他为什么不答那道超纲题，小班长倔强地说："老师你教我们做人要诚实，自己却不诚实，我就不答。"

阿梅真想给小班长一个耳光，但最后却抚摸着小班长的头说："老师错了。"泪水无声地流下她的脸颊。

阿梅跟男朋友有过约定，如果今年还不能转正，就跟他去广东打工。阿梅真的走了，但她人到广东，心还留在家乡的山村小学，好几次在梦里喊"上课"。

男朋友说："你已经耽误了三年，不要再想当代课老师了。"

半年后，阿梅趁回家的机会，顺便到学校看看她教过的学生。没想到，因为山里缺老师，那些学生已经并入别的班级，两个年级合在一个教室里上课。

小班长还在，他拉住阿梅的衣袖说："老师你回来教我们吧，以后考试你叫我写什么，我就写什么，再也不惹你生气了。"

阿梅的心都碎了，她不知道自己该不该再回到山村当代课老师。

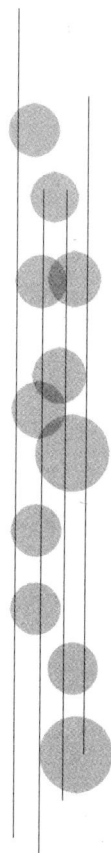

失　主

　　吴君在楼下捡到一百元钱，估计是楼里的人丢失的。这栋楼里共有 24 户居民，到底哪一户是失主呢？

　　吴君就近按响 101 号的门铃。女主人隔着防盗门望了望，才开门问："什么事？"

　　吴君说："我在大门口捡到一百元钱，是不是你丢失的？"

　　女人立刻微笑说："对，是我丢失的，我正纳闷那一百元钱到哪去了呢。"

　　吴君当即把一百元钱给了她。

　　回家后，吴君把这件事告诉妻子，妻子说："我猜那个女人八成不是失主，她只是贪那一百元钱。"

　　吴君说："你不要把人家想得那么坏。"

　　妻子说："不光那个女人贪心，我敢说，在那栋楼里，贪心的人还多着呢，不信你再拿一百元钱去试试，肯定还有人冒充失主。"

　　妻子的话使吴君很不舒服，难道自己把钱给了假失主？吴君决定试试，他又来到那栋楼，拿出一百元钱，按响 102 号的门铃，开门的是个男人。

　　吴君问："我在门口捡到一百元钱，是不是你丢失的？"

　　他希望男人说不是，可是这个戴着眼镜的男人说："对，是我丢失的，我正要出去找呢。"

　　吴君不会把自己的钱给他，就改口说："101 号也说丢了一百元钱，我再核实一下。"

　　男人立刻关门说："神经病。"

　　吴君发了牛脾气，干脆 103、104……依次问下去。结果，除了 301 号没有人在家外，其他 23 户都说丢了一百元钱。一张钱竟有 23 个失主，太不可思议了。吴君知道，这 23 个失主里，最少有 22 个不是丢失钱，而是丢失了诚信。

晚饭后，妻子问吴君的试验结果，吴君说："除了一家没有人外，每一户都说丢了钱。那些人怎么都不讲信用呢？"

妻子说："谁像你这么傻啊，捡到钱都不要。全城恐怕只剩你一个傻瓜了。"

吴君被妻子说得心里发堵，就出去走走，不知不觉竟又来到那栋楼下。楼里的 24 户居民都亮着灯，301 号也亮了。吴君想，我索性连最后一户也问问吧，就去按响 301 号的门铃。一个十四五岁的女孩来开门。

吴君问："我在门口捡到一百元钱，是你们家丢失的吗？"

女孩说："不是。"

吴君想，小孩子还没有学会贪婪，要试试大人，就说："你问问家里的大人丢了钱没有。"

女孩回头问遍爸爸、妈妈、爷爷、奶奶和姑姑，再回答说："我们家真的没有丢失钱，你到别家问问吧。叔叔，你真是个好人。"

吴君说："可人家都说我是傻瓜呢。"

女孩说："好人看起来就是像傻瓜一样的。"

下楼时，吴君的脚步轻快了许多。在这座城市里，并非只有他一个傻瓜呢。吴君为找到同类而高兴。

爱情难题

美云 18 岁那年从书上看到一道爱情考题，是女方考男方的，题目是："要是我和你妈同时落水，你先救谁？"

这道考题很难回答。正因为难回答，才更能够考验男方的爱有多深。美云做梦都想找一位把妻子看得重过母亲的丈夫，所以她就问男友："如果我和你妈同时落水，你先救谁？"

男友说："当然先救我妈。"

美云想，幸好考了考他，否则就上当了。他立刻和这个男朋友挥手拜拜了。

后来，美云又处过几个男朋友，她用这道爱情难题——考他们。让美云颇感意外的是，竟然没有一个男朋友说先救她。美云长得漂亮，其他各方面条件也不错，她实在弄不明白，那些男人为什么不肯说先救她。

最令美云伤心的是第四个男朋友。那是个非常优秀的小伙子，只要他说先救美云，美云就会嫁给他了，可他却苦着脸说："我都救，同时救两个，行了吧？"

美云说："你同时救不了两个，只能先救一个，后救一个。你是先救我，还是先救你妈？快说呀！"

男朋友被逼得急了，推托说："我不会游水，我宁愿自己淹死算了。"

美云很失望，只好忍痛和他分了手。

美云独自过了两年，当她认识第五个男朋友李刚时，已经 28 岁。美云依然不改初衷。一天傍晚，她和李刚在河边散步，李刚说："我们结婚吧？"

美云想测验爱情的时候到了，就说："我也有结婚的打算，不过在结婚之前，我要考你一次。"

李刚笑一笑说："你出考题吧。"

美云说："如果我和你母亲同时落水，你先救哪一个？"

李刚很意外地望着美云说："你怎么问这种问题？"

美云说："你别打岔，快说，先救谁？"

李刚说："你是随便问问好玩呢？还是深思熟虑后才问我的？"

美云说："我从18岁起就想这个问题，一直想到现在，是真心问你的。"

李刚说："如果你从没问过我这种话，我会先救你；现在你问过我这种话后，我只能先救我母亲了。"

美云问："为什么？"

李刚说："你念念不忘要别人先救自己，太自私了；我母亲辛辛苦苦把我养大，还从来没想过要我先救她后救妻子，这叫无私。如果你们同时落水，我当然要先救无私的人，后救自私的人。"

这道难题原来如此简单。美云忽然觉得自己走了十年弯路，错过了很多结婚的良机。她不想再失去李刚，就拷住他的手说："好，我答应你，明天我们就去领结婚证。"

可是李刚说："你刚才的考试使我改变了主意，我想我和你结婚肯定是个错误，还是不要犯错误好。"

美云几乎软瘫在草地上，她非常后悔没有早点认识李刚。本该18岁明白的道理，为什么要到28岁才弄清楚啊！

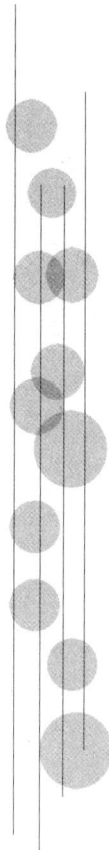

排骨飘香

小时候，我家里很穷，平时只吃青菜，要到过年过节，才能买一点肉吃。我家隔壁有一户富人，他们天天吃肉，还吃排骨。

有一天，我闻到隔墙飘过来的排骨香，就对母亲说："那边又煮排骨了。"

母亲问："你怎么知道人家是煮排骨，不是煮肉？"

我吸一吸鼻子说："排骨的香味特别浓，特别鲜，隔两间房都能闻到。肉香隔两间房是闻不到的。妈，我还没吃过排骨呢。什么时候我们也买一回排骨吃？"

母亲看了我很久，才下决心说："到八月十五，我们也吃一回排骨。"

从此，我天天扳手指数呀数，等待八月十五的到来。母亲则偷偷摸摸上山砍柴，挑到小镇去卖。那时候，砍柴卖是被当作搞资本主义的，路口有戴红袖箍的人把守，母亲的柴好几次被他们没收。但八月十五那天，母亲还是用卖柴的钱买回了排骨。

母亲特意把菜刀磨利，将排骨砍得小小的，唯有排骨头坚硬，不容易砍，还是大大的一块。母亲把砍好的排骨放到锅里去煮，斜阳穿窗进来，照在铁锅上。铁锅里渐渐飘出香味，越来越鲜浓，铁锅上的阳光似乎也被染成芳香的了。啊，这是我们自己家里的排骨香。

夕阳下山时，我们开始吃排骨。我瞄准最大的那一块，把它夹起来。

母亲说："那是排骨头，你啃不了，夹排骨尾吧，排骨尾好吃。"

我说："我就要这块，这块大。"

母亲说："你可要把骨头上的肉吃完。"

我无心再说话，吃起排骨来。

吃起来才知道，排骨头上有许多夹缝，骨缝里的肉根本咬不到。用筷子捅挑也无济于事。在全家人几双筷子的围攻下，菜碗里的排骨迅速变少。我心里一急，就把啃不了的排骨头扔到桌下，又伸筷夹菜碗里的。

母亲问："你刚才吃的那块呢?"

我说："吃完了。"

母亲追问："你放哪里了?"

我说："扔到桌下了。"

母亲低头看桌下，一条狗正在桌下吃那块排骨头。我庆幸狗帮了我的忙。不料母亲却俯下身，一手向狗嘴抓过去。母亲抓到那块排骨头，狗却不愿松口。争持中，母亲的手被狗咬伤了，流出鲜红的血，但她夺回了排骨头。

我以为这回要挨母亲打骂了，可是没有。母亲擦掉手上的血，又用开水洗了洗那块排骨头，很细心地啃起来。

母亲一边啃，一边说："你看，骨缝里还有很多肉，我早就说你吃不了。"

母亲的手上，现在还有两条牙痕，那是我心中永远的伤痛。

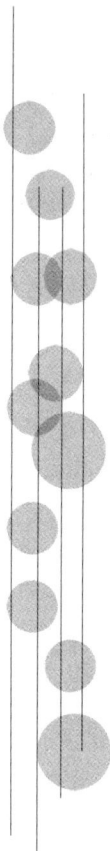

抓 周

早饭后，刘平正要去上班，妻子说："哎，晚上你能不能把单位的公章带回来？"

刘平问："要公章干什么？"

妻子说："给宝宝抓周用。"

刘平的儿子金宝，今天周岁了，按习俗要举行"抓周"仪式。一般是摆放食物、算盘、书本三样东西给孩子抓。抓食物最不好，预示孩子一生贪吃；抓算盘还可以，预示长大会做生意；抓书本最好，预示日后读书聪明当大官。

没听说过抓周要用公章的，刘平问妻子是不是搞错了。妻子说："现在时代变了，读书聪明跟当官越来越没有联系。许多当官的人读书的时候笨得很，而多少大学生连工作都找不到。唯有把公章抓在手里，才是最实在的。所以我想用公章代替书本。"

刘平说："有道理，有道理。刚好局长去出差，让我拿两天公章给人家开证明，我下班后带回来。"

傍晚，刘平把公章带回家。晚饭后，"抓周"开始了。铺一张席子在地上，再用托盘装着鸡腿、计算器（代替算盘）、公章，放在席子上，然后把金宝抱来，让他随意抓摸。一家人围住孩子，都希望他伸手抓公章。可是金宝的小手在空中舞了两下，竟向鸡腿抓去。

刘平大失所望说："他已经吃得饱饱的了，怎么还要抓鸡腿呢？"

一家人都闷闷不乐。还是刘平的妻子脑筋转得快，她说："宝宝是夜里十二点多钟出生的，其实他明天才满周岁，应该明天晚上再让他抓周才对。"

众人说："原来提前了一天，难怪宝宝抓鸡腿。"

于是，大家一致决定，明天晚上，再让金宝正式抓周。

为了确保金宝抓到美好前程，刘平和妻子反复叮咛家里人，每隔一个小时，就拿公章给金宝玩一次，培养他对公章的好感。

金宝一拿到公章，就胡乱地往自己的额头和脸上印。不一会，金宝的脸上就红彤彤一片了。

爷爷说："快把公章擦干净吧，宝宝都印成个大花猫了。"

刘平的妻子说："让他印，多点官印好。这小东西，他也会用公章了。现在印在脸上，长大后，把公章印在批示和调令上，多好。宝宝，你要把公章抓牢啊！"

这天晚饭后，正式的抓周开始了。刘平亲自操作，把鸡腿摆上来，把计算器摆上来，把公章……

"公章呢？我记得公章放在抽屉里的，怎么不见了？"刘平问。

妻子说："我刚才又给宝宝玩了一次。"

刘平叫妻子快拿公章来，可是，不但公章不见，连金宝也不见了。爷爷说："阿英把宝宝抱过她家去了。"

阿英是邻居的小女孩，经常抱金宝去玩。刘平亲自到邻居家去，果然看见阿英正在逗金宝玩。可金宝的手里空空的，什么也没有。

刘平问："公章呢？"

阿英说："什么公章？"

刘平说："刚才宝宝手里拿着一个公章的，现在到哪去了？"

阿英说："噢，那是公章呀！刚才在里屋黑糊糊的，我看不清楚，还以为是木头呢。宝宝拿它打我，我就把它丢进垃圾篓了。"

刘平赶紧去看垃圾篓。垃圾篓空空如也，根本没有什么公章。刘平问垃圾篓里的东西到哪去了。阿英的奶奶说："刚才垃圾车从门口经过，我把垃圾篓里的垃圾倒到车上去了。"

刘平到门外去追垃圾车，可哪里还有垃圾车的踪影？他立刻打电话问环卫站，环卫站的人说："我帮你查一下。"

结果是：那一车垃圾已经倒到垃圾场，司机刚刚回到环卫站。

刘平不死心，骑摩托车赶到垃圾场。垃圾场在郊外的一片荒地里。在朦胧的夜色中，只见垃圾如山，不知道单位的公章埋在哪一处。刘平两腿发软，连回家的力气都没有了。

明天局长出差回来，怎样向他交代？

麻雀战老鹰

有一年秋天，父亲把稻谷倒在晒坪上，叫我看管。父亲一走，麻雀就成群结队来啄食稻谷。我拼命追赶，可是赶走了这边的麻雀，那边的麻雀又飞下来。不到中午，我的腿就跑累了。

奇怪的是，午饭后，晒坪上忽然一只麻雀也没有了。那些麻雀全部躲到了竹林里，如临大敌似的叫个不停。麻雀怕什么呢？我正疑惑，就看见一只老鹰从高空上直扑下来，穿入竹林，再腾空而起，转瞬之间，它的爪下已多了一只麻雀。

想不到，那些和我斗了一个上午的麻雀，被一只老鹰吓破了胆。我高兴极了，坐在晒坪边看老鹰捉麻雀。老鹰一次又一次扑入竹林，每一次都有所收获，有时扑一次能抓到一只麻雀，有时扑一次能抓到两只麻雀，最多的一次抓到三只麻雀。在老鹰的扑击下，麻雀毫无抵抗力，只有哀叫的份。虽然麻雀吃了我不少稻谷，但看见这些鲜活的生命一只只被消灭，我还是有点可怜它们。

我想，只有等到老鹰吃饱，麻雀们才会重获安宁了。可是正想着，就见麻雀一群群从竹林里飞了出来。老鹰又一次从高空扑下来。令人吃惊的是，这一回麻雀们不但不逃避，反而迎着老鹰飞去。最少有上千只麻雀汇集在一起，飞成了一片云。老鹰像一支利箭，射入这片麻雀云中。天空中立刻上演了惊心动魄的一幕：老鹰在麻雀群中又抓又啄，一只只麻雀尖叫着被抓死啄死。麻雀的尸体掉到地上，羽毛在空中飘舞。可是上千只麻雀始终飞成一团，把老鹰困在中间。老鹰上下翻飞，左冲右突，竟无法挣脱麻雀群的包围。

老鹰陷入了麻雀的海里，它不断地抓、啄、拍打、冲撞，直到筋疲力尽，从天空上掉下来。老鹰刚好掉在晒坪上，它已经奄奄一息，神仙也救不活它了。我捡起老鹰，发现它的身上有许多血却没有伤口，那些血都是麻雀的。

麻雀死了许多，光在晒坪上就捡到二十多只。这些死了的麻雀，有的被抓穿了肚子，有的被啄断了脖子，有的几乎被撕成了两半，只剩一点韧皮相连。正是这些麻雀的死难，才换得群体的平安。

我抬头望望天空，天空上只有白云在轻轻飘荡，那些麻雀已经散入竹林中去了。有几只大胆的麻雀，又开始来偷吃晒坪上的稻谷。我真不想赶走这些麻雀，因为它们不畏强暴，团结一致，勇于牺牲，连人都难以做到。

麻雀虽小，却是鸟中英雄。

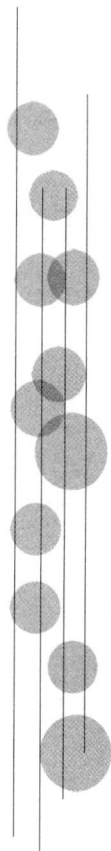

方便面

一个剧组到山里拍戏，伙食很差。

第一餐吃方便面，演员们皱眉说："怎么吃这种东西？"但说过后还是强迫自己吃下去了。

第二餐又是方便面，演主角的女明星把方便面扔下山沟说："再吃这种东西我就不演了。"

第三餐，竟然还是方便面。女明星拿到方便面就翘起了嘴唇，她决定罢演一天，以示抗议。一时心血来潮，她就和一个要好的男演员悄悄地钻到山沟里躲起来。

山沟里溪水潺潺，鱼翔浅底。女明星和男演员一路戏耍，逆流而上，转过几个山弯，就看见了一户人家。这户人家依着山坡盖了三间泥瓦房，房前有个晒坪，晒坪上有一群鸡。女明星兴奋地说："走，去买一只鸡改善伙食。"

女明星和男演员爬上山坡，走进低矮的泥瓦房。一位大叔正和三个孩子围着一张小木桌吃粥，粥很稀，听他们嘴巴和喉咙的声音还以为是喝水。木桌中间有两个碟子，一个碟子装青菜，另一个碟子装方便面。方便面已经掰碎了，不泡开水，更没煮过，就那样干干的放在碟子里当菜吃。孩子们夹一筷方便面，就喝一口稀粥。大叔自己却不吃方便面，他微微侧着头看孩子们吃，样子很惬意。

忽然有个孩子说："阿爸，大哥夹两筷香面才吃一口粥。"

被叫做大哥的那个孩子争辩说："我夹少少的，一筷才夹一根香面。"

第三个孩子却作证说："我看见大哥一筷夹两根香面。"

三个孩子都望着父亲，等他判决。

这位满脸皱纹的山里大叔说："吃吧吃吧，夹多少根都行。"

孩子们的三双筷子立刻飞向方便面，眨眼工夫就把碟子里的方便面夹完了。一个孩子捧起碟子，盖在脸上，用舌头舔了又舔，不放过一点方便面的碎屑。

大叔问："好吃吗?"

孩子们异口同声地说："好吃。"

大叔又问："还想不想吃?"

孩子们说："想吃。"

大叔叔趁机说："想吃你们就要用功读书，将来到城里去当演员，天天有香面吃。"

说话间，大叔发现了女明星和男演员，就请两位演员传经送宝，教教他的儿子怎样才能当演员。

女明星说："大叔，我刚才还为吃方便面闹情绪，惭愧啊!"

女明星和男演员立刻返回剧组，认认真真地演戏，再也没有一句怨言。

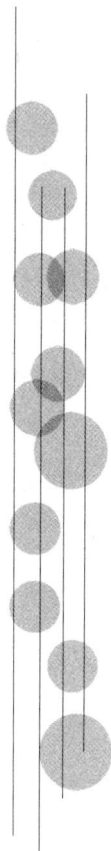

惊 杀

王老头胃溃疡，久治不愈，最后只好动手术。儿子王四守在手术室外，寸步不离，他怕父亲挺不住，父亲的体质太差了。

三个小时后，王老头被护士从手术室里推出来，送回病房。王四走到病房前，俯身叫一声"爸爸"，王老头点点头，轻轻"嗯"一声。

王四看见父亲能答应，气色也不错，就安慰父亲说："动过手术就没事了。"

同病房还有两个老头，一个姓张，一个姓李。张老头提醒王四说："别高兴得太早，这个医院的医生动手术，经常误把手术器械缝进病人的肚子里。半个月前，我做胃切除手术，医生把一只橡皮手套留在我的肚子里，结果我多挨了一刀。"

李老头也说："上个星期我做手术，医生把一根管子留在我的肚子里，前两天才开刀取出来。你父亲的肚子里，说不定也留有什么东西呢。"

王老头听得脸色灰白，手脚一个劲打颤。王四赶紧制止张老头和李老头："你们不要说了，别吓着我父亲。"

可是话音刚落，就看见给王老头动手术的那个医生慌慌张张地跑进来说："丢了一把剪刀，刚才动手术丢了一把剪刀。"

张老头拍着床沿说："肯定在老王的肚子里！"

王老头就像被闪电击中一样，全身一震，从床上滚下来，"扑通"一声掉到地上。

王四扑过去，把父亲抱起来，连声喊："爸爸，爸爸。"

王老头直挺挺的，不说话，也不动。

医生大声叫："快送急救室。"

王四抱着父亲飞跑去急救室。医生立刻抢救，可已经回天乏术。半小时后，王老头在急救室里停止了呼吸。

医生吩咐把王老头的尸体送去太平间。王四说："慢着。"他掏出手机，先给卫生局打电话，再给公安局打电话，说有一个医生动手术时，把剪刀留在病人的肚子里，现在病人已经死了，叫他们快点来验尸。

医生吓得两腿发软，一屁股坐到椅子上，不停地擦额头上的汗。

这时候，一个护士跑过来喊："好消息，好消息，那把剪刀找到了。"

医生松一口气说："原来虚惊一场，剪刀不在王大爷的肚子里，太好了。"

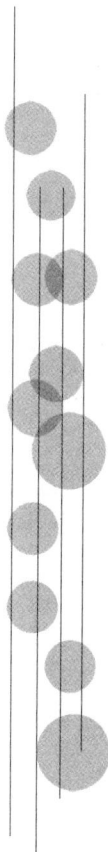

打"上帝"

杨红在永旺酒楼当服务员。有一天，一个顾客喝醉了，对杨红动手动脚。杨红找到这份工作不容易，她一忍再忍。这个酒鬼得寸进尺，最后竟撩起杨红的裙子，摸她的大腿。杨红忍无可忍，骂一声"畜生"，挥手给了他一巴掌。酒鬼的脸上立刻被印出个五指山。这一巴掌把酒鬼打醒了，他掀翻桌子，然后向酒楼的老板告状。老板不由分说，把杨红开除了事。

杨红只好到别处去找工作，可老板们一听说她是因为打顾客被开除的，就不敢要她。杨红解释说："那家伙对我非礼，我才打他的。"

老板说："顾客是上帝，打上帝就是打自己的饭碗。"

结果，杨红在这个小城走了一圈，也没有找到工作。

杨红正想到外地去碰碰运气，有一个姓林的饭店老板就亲自来请杨红到他的饭店去当服务员。林老板的饭店正好在永旺酒楼的旁边，生意很清淡，早就贴出"旺铺转让"的启事了。

杨红奇怪地问："你的生意本来就不好，再把我招去，不怕立刻关门吗?"

林老板说："我是请你去重振雄风的。"

杨红满腹狐疑地到林老板的饭店上班，看林老板有什么绝招。林老板天天守在饭店门口，一有人来就向人家介绍杨红，说杨红有骨气，在隔壁永旺酒楼当服务员的时候，被一个流氓非礼，当即就给那个酒鬼一巴掌。来人说："打得好。"

林老板说："可就为打那个流氓一巴掌，永旺酒楼的老板把杨红开除了。"

有个女顾客义愤填膺地说："岂有此理? 以后谁还敢去永旺酒楼吃饭?"

林老板说："话不能讲得那么绝对，最少流氓去那里吃饭是很安全的。"

听过林老板这番话的顾客，都讨厌永旺酒楼，不去那里吃饭了。有些贫嘴的人，还给永旺酒楼起了一个外号，叫"流氓酒楼"。

永旺酒楼的生意越来越差，不久就门可罗雀了，拍苍蝇成了服务员的主

要工作。林老板的生意却越来越好。一天，永旺酒楼的张老板来跟林老板理论，说林老板造谣中伤他。

林老板说："我说的话哪一句是假的？我还知道非礼杨红的那个流氓叫王宝财，是个包工头，住在胜利街59号。你自己把流氓当宝贝，不把员工当人看，还有脸来找我！"

张老板只好灰溜溜地走了。

张老板决心重塑永旺酒楼的形象，第二天，他就宣布一条新规定：本店员工，如有敢打流氓顾客一巴掌的，奖励1000元。员工们挽袖挥掌，跃跃欲试。可惜顾客一天比一天少，连流氓都不来了，根本没有给流氓一巴掌的机会。

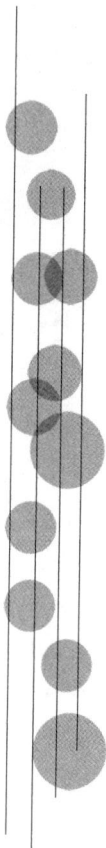

黄 鼠 狼

　　我和父亲上山锄地，中午坐在地头休息吃饭。周围是茂密的草丛，草丛里忽然窜出一条黄鼠狼。我捡起一块石头砸过去，没砸中，黄鼠狼闪电似的钻回草丛里。

　　我以为黄鼠狼不敢再来了，可刚吃得几口饭，它又窜出来，从我的脚背上飞快地跑过，并趁机咬了我一口。我的脚背被咬破一点皮，渗出几滴红红的血。小小的黄鼠狼竟敢欺负我，我气极了，挥起锄头对着草丛一顿乱打。

　　打了一顿后，我继续吃饭。想不到，这条黄鼠狼居然还不走，它又从草丛里窜出来。这回黄鼠狼跑得更近，从我的大腿上跳过去。我一手抓下去，手指都碰着它的皮毛了，可惜没抓住。

　　我从来没见过这么大胆的黄鼠狼，父亲也说："这条黄鼠狼太奇怪了。"我问："你说它还会出来吗？"父亲说："不会了，再大胆，也不至于来白白送死。"

　　正说着，黄鼠狼又窜出来了。这回它贴着我的大腿往身后跑去，我双手齐出，又没抓住，但揪下了几根黄毛。

　　看来，这条黄鼠狼不送掉小命是不肯罢休的了。我和父亲都来了兴趣，不吃饭了，双双站在草丛边，高举锄头，等那条傻瓜出来。我们刚摆好架势，黄鼠狼又出来了。说时迟，那时快，两把锄头同时砸下去，父亲打中鼠头，我打中鼠尾。黄鼠狼一声不吭，就呜呼哀哉了。

　　父亲看看被打死的黄鼠狼说："还好，中间没打烂，今晚有下酒菜了。"我说："这条黄鼠狼为什么这么傻呢？"父亲说："是呀，怎么会有这么傻的黄鼠狼？"

　　人鼠有别，我们无法弄懂黄狼鼠的心思，就不多想了，吃了饭，依旧锄地。锄完地再次回到地头时，我们听到"吱吱吱"的叫声。寻声寻找，才发

现中午吃饭的时候，我正好坐在一个黄鼠狼的洞口。那"吱吱吱"的叫声，正是从这个洞里传出来的。

父亲很兴奋，举起锄头就挖，一会儿，就挖到黄鼠狼的窝了。窝里有四只黄鼠狼的幼仔，肉乎乎的，还没有长毛。

那条被我和父亲打死的黄鼠狼，原来不是大胆，更不是傻，它是凭着一腔母爱，一次又一次冲过来救它的儿女啊！

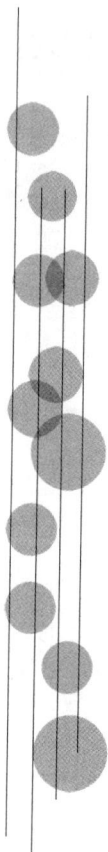

一桶水

我有事到楼上找刘大姐，正好内急，就在她家上了一次厕所。我发现，抽水箱旁边备有一桶水。我猜想，这肯定是一桶洗过菜或衣服的水，刘大姐舍不得倒掉，留下来冲厕所用。一桶水，值两三分钱吧？刘大姐真够节约的。我知道她有两个儿子读大学，需要很多钱，自己生活又不富裕，难怪两三分钱都不放过。真可怜。

两天后，女儿也问我："真奇怪，刘阿姨家为什么放一桶水在厕所里？"

我说："那是用来冲厕所的。"

女儿说："水管里不是有水吗？"

我说："水管里的水要钱，那桶水是洗过东西的，用一桶就能节约两三分钱。你知道就行了，千万不要跟别人说，更不要问刘阿姨和她家里人。"

女儿问："节约用水不是好事吗？为什么不能说？"

我说："让别人知道刘阿姨费尽心机节省几分钱，她会没有面子的。别人也会瞧不起她。"

女儿问："你会瞧不起刘阿姨吗？"

我训斥说："别乱讲，我怎么会瞧不起刘阿姨呢？"

说实话，看了那桶水后，刘大姐在我心里的形象还真小了许多呢。

又过了一些天，我到楼下林大姐家去。巧得很，我在林大姐家里又内急，不得不到她家的厕所去方便一下。我发现，林大姐家的厕所里也备有一桶水。林大姐是一个非常富有的人，她的财产最少有几百万，不可能为节省几分钱特意准备一个水桶。

我百思不得其解地问："林大姐，你怎么装一桶水放在厕所里？"

林大姐说："那是中午和晚上休息后冲厕所用的。不知为什么，水箱抽水时特别响，跟牛叫似的，我怕影响楼上楼下的邻居休息。"

我正好夹在林大姐和刘大姐之间，确实无数次听到过两家的抽水声，但

从来没有在中午和晚上睡觉后听到过。我自己，却有半夜上厕所的习惯，几乎每天深夜都要上一次厕所，开一次抽水箱。在那静静的夜晚，我多少回惊醒过两家人的美梦啊！

　　我赶紧回家，也装一桶水放到厕所里，告诫全家人："以后中午和晚上休息后，不准开抽水马桶。"

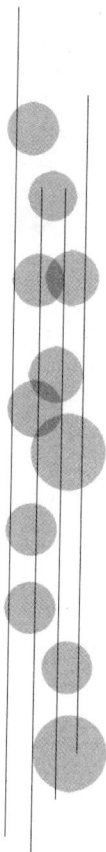

城市里的玉米地

阿军和阿兰新婚不久就进城打工。工厂旁边有一圈围墙，围墙上有个大铁门，铁门上有把大锁，锁和门都生锈了，围墙上也起了青苔，可见已经很久没有人进去过了。

阿兰问："城里到处高楼林立，地贵如金，怎么会有一块地闲在这里呢？"

阿军说："可能里面是军事重地。"

一场暴雨过后，围墙塌了一个缺口。阿军和阿兰从缺口望进去，看见围墙里面足有 20 亩宽，地上除了野草什么也没有。原来这是一块荒地！阿军和阿兰啧啧称奇。可荒地怎么会有围墙呢？有围墙，就应该有主人。阿军和阿兰天天关注围墙的缺口，心想，等那主人来修围墙时，一定问问他，为什么把这么好的地丢荒在这里。可是，一直等到里面的野草长到缺口外面来，也不见有人来修围墙。

阿军不解地问："怎么没有人来理这块地呢？"

阿兰说："干脆我们在里面种玉米吧。"

阿军说："这又不是我们的地，万一地的主人来看见怎么办？"

阿兰说："长玉米总比长野草好，主人看见我们帮他除草，说不定还要感谢我们呢。"

阿军说："也好，那就种吧。"

小夫妻立刻买来镰刀和锄头，又打电话回家，叫父母寄一包上好的玉米种来。下班后，他们就从围墙的缺口钻进去，割野草、锄地。锄着锄着，阿兰说："快来看，我挖到一块漂亮的石头。"

阿军过去一看，那是一块大理石，也兴奋地说："小心点，下面肯定有宝贝。"

他们把大理石旁边的泥轻轻挖掉，就看见石上刻着"奠基"两个大字，再挖下一点，又看见"南国洁具厂"和"1995"等字样。

阿军说："原来这里是一个洁具厂的厂址。奇怪，95年就奠基了，怎么过了六七年也不建厂？"

阿兰说："他们不建才好，我们种玉米。"

两个月后，小夫妻已经种下了五六亩玉米。他们的手磨起了血泡，但看见苗壮的玉米苗，算算日后的收成，心里就甜甜的。在城里，一个煮熟的玉米棒卖一块钱呢。

玉米长到半人高，正是丰收在望时，一支浩浩荡荡的队伍来到围墙外。队伍里有企业家、政府领导、电视台的记者、手拿鲜花的少男少女和一台推土机。他们砸开铁门，拉起一条横幅，横幅上贴着几个碗口大的字："热烈庆祝南国洁具厂第二次奠基！"

领导和企业家讲话后，少男少女们就高举鲜花，一边跳跃一边喊："庆祝庆祝，热烈庆祝！"

喊了一阵，少男少女就退到两边，推土机从大门口开进去，轰隆隆压过茂盛的玉米苗。

阿兰喊："我们的玉米！"她要跑过去阻拦。

阿军拉住她说："算了，这原本就是人家的地。"

小夫妻把磨起老茧的手紧紧握在一起，看推土机疯狂地摧残玉米，他们难过得流下了眼泪。

一年后，第二次奠过基的洁具厂依然没有兴建，地里又长满了野草。

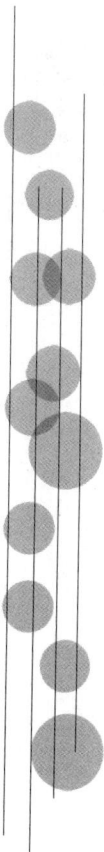

丈夫将要出走

　　那一向懦弱的丈夫，居然悄悄找了个情人，而且要跟那女人跑了。对小梅来说，这简直是晴天霹雳。

　　小梅去向大姐哭诉，大姐却说："你没搞错吧？文君一向不是很老实的吗？大家都说你嫁了个好丈夫呢。"

　　小梅说："好个屁！不叫的狗才咬人。我刚刚在电话副机上偷听到他和那个女人通话，明天一早他们就出走了。"

　　大姐问："那个女人是谁？"

　　小梅说："不知道，他一直瞒得好好的，我今天是第一次知道他在外面有女人。姐，我该怎么办？"

　　大姐说："你想怎么办？"

　　小梅咬牙说："我要把那个女人查出来，跟她大干一场。"

　　大姐说："那怎么行？干了一场，他们不是跑得更快？"

　　小梅说："那我就跟李文君干一场。"

　　大姐皱眉说："除了打架，难道就没有别的办法了吗？"

　　小梅说："反正我不能放过他们。"

　　大姐说："是不能便宜他们，但要想一个最好的办法。"

　　小梅问："姐，你有什么办法？"

　　大姐想了好一会，才沉吟说："你看这样行不行？先设法让文君服下一些安眠药，使他明天走不了。以后再想办法对付他。"

　　小梅说："好，他每天夜里都要起来喝水的，我先在水里放上安眠药，不信药不翻他。"

　　大姐说："你可不能放太多啊，别把他弄死了。"

　　小梅说："我知道，他还是我丈夫呢。"

　　小梅正要去买安眠药，母亲也来了。母亲一进门就叫小梅站住。小梅说：

"妈，我有急事，先走了。"

母亲说："你是去买安眠药吧？"

小梅吃惊地问："你……你怎么知道？"

母亲说："我在门外站了好一会了，你和你大姐说的话，我都听到了。你怎么可以害人呢？"

小梅说："我不能眼睁睁地看自己的丈夫跟别的女人逃跑啊！"

母亲问："你给他吃安眠药，就能留住他吗？他醒后，你们怎么过日子呢？"

小梅说："我管不了那么多了，先留住他一天再说。"

母亲说："我有一个办法，也许能留住他的心。"

小梅赶紧问："妈，什么办法？你快说呀。"

小梅以为母亲会有什么绝招，可是母亲说："你假装不知道，一点都不要声张，明天早上做饭给你的丈夫吃。记住，在他出门的时候，一定要给他拉拉衣袖，整整衣领，看他衣服上的纽扣松动没有，如果松动了，就给他缝一缝。"

小梅泄气地说："妈，你怎么教我这种最没有用的办法？"

母亲说："如果这个办法都没有用，那别的办法就更没有用了。你还是试试吧。"

小梅说："我在李文君面前，从来没有这样低三下四的，我不干。"

母亲说："正因为你太好强，从来没有学会低头，有理无理都要赢，他才想跟别人走。"

大姐说："小妹，妈教的办法是最有用的，明天早上是唯一的机会，你可千万不能错过啊！"

母亲教的办法真的有用吗？小梅将信将疑，但实在没有别的好办法，只好按照母亲教的去做。当晚，丈夫说明天要出差，小梅心如刀割，却装得若无其事。

第二天早上，小梅早早起来做饭，饭做好了，丈夫却不吃。小梅说："也好，那你就到外面吃吧。"

丈夫提着一个箱子，急急忙忙要出门去。小梅过去给他拉拉衣袖，整整衣领。结婚五年来，小梅是第一次这样做。

丈夫吃惊地望着小梅，犹疑了一下，但还是跨出门去。小梅心里一急，就脱口叫："你回来！"

丈夫回头问："怎么啦?"

小梅把一肚子酸楚和火气强压下去，使劲挤出一点微笑说："你衣服上的纽扣快掉了，回来，我给你缝缝。"

小梅拿来针线，慢慢地给丈夫缝纽扣，缝了一颗，再缝一颗。缝到第三颗时，丈夫忽然跪下来，握住小梅的手说："阿梅，我……我对不起你。"

小梅一把抱住丈夫，泪如雨下。

举 重

　　我在家里看电视，一场文艺晚会的现场直播。中途我去洗手间方便了一下，回到客厅发现母亲把频道换了。电视里正在播一场举重比赛，母亲看得津津有味。看见我回来，母亲才换回晚会那个频道。

　　我问："妈，要是你觉得晚会不好看，那就不看了。"

　　母亲说："好看。"

　　我和母亲坐在沙发里，继续看文艺晚会。一会儿，我看见屏幕上播出一行字，叫观众发短讯，赢大奖。我想发一条短讯，可手机在房间里。我进房间拿手机，出来一看，母亲又换频道去看举重比赛了。母亲看得更加入迷，我走出房门口她都没发现。我不想惊动母亲，就站在房门口远远地看。

　　母亲看的是一个本地频道，正在播一场本市的举重比赛。有一个秃顶的运动员，恐怕近四十岁了，还在参加比赛。这个秃顶好像是母亲的偶像，母亲看他在电视里一抓一举，也在电视外紧握双拳替他鼓劲。秃顶抓举成功，母亲就高兴得像孩子一样笑了。

　　这个秃顶会不会是母亲的朋友呀。母亲守寡20年，如果有这么一个男朋友，也是不错的。这样想着，我就忍不住问："妈，你是不是认识这个秃顶？"

　　母亲说："不认识。"

　　见我来了，她又把频道换回文艺晚会。

　　我一边发短讯，一边问："妈你怎么会喜欢看举重比赛？这种比赛只是出死力，有什么看头呢？"

　　母亲说："二十年前，你父亲去世时，你只有两岁多。那时候真难啊，你和妈妈都一身病，我又没有工作。在最难最难的时候，我把老鼠药放到锅里，和肉一块煮，准备让你跟妈一起死掉算了。我们已经半年没有肉吃了，闻到肉香，你就高兴得又叫又跳。妈的心像刀割一样痛啊！我的眼泪吧嗒吧嗒直往锅里掉。那时我们住的房子很小，没有客厅，一台14寸的黑白电视机

就放在锅台边，我擦一把眼泪，忽然看见电视里一个瘦弱的年轻人在举重。他握着杠铃，踉踉跄跄，腰身一闪一闪，好像就要断了，可他最后还是咬紧牙关，把重重的杠铃举过了头顶。妈心里咯噔一下：为了孩子，不能死啊！我要像这个小伙子一样，咬紧牙关，把天大的困难举起来。我当即把有毒的肉倒掉，再把锅刷了五六遍。从那时候起，妈就喜欢看举重。当年那个小伙子，就是刚才电视里那个秃顶。"

我赶紧把频道换到举重比赛。那个不知道姓名的秃顶又出来了，这回是挺举，他把杠铃抓起来，托在胸前，像20年前那样，踉踉跄跄，腰身一闪一闪的。

他咬紧牙关猛一发力，我和母亲都不由自主地帮他喊："起!"

可是电视里的秃顶却摔倒了，他还受了伤，很快有几个人拥过来，把他扶走。

电视屏幕忽然朦胧了，像蒙上了一层水汽，我摸一下脸，才知道自己流下了眼泪。

老鼠掉下米缸后

　　一只公老鼠和一只母老鼠在屋梁上戏耍，一不小心，双双掉下来，落到一个大青缸里。真是因祸得福，大青缸里有很多米，两只老鼠立刻吃起来。开始，老鼠还担心主人来，一吃饱就跳到缸外躲藏，饿了再跳进缸里吃米。两只老鼠一连吃了几天，也不见半个人影，它们就渐渐壮起胆，吃饱后躺在缸里睡大觉，不再出来躲藏了。

　　是主人故意让老鼠吃米，或者这缸米根本就是没有主人的，反正一直没有人来。两只老鼠天天在米缸里吃了睡，睡了吃，无忧无虑。缸里的米被一点一点吃下去，老鼠的身体则一点一点肥大起来，最后竟大得像两只猫，完全失去鼠类的模样了。

　　舒服的日子过久了也会腻歪，有一天，母老鼠说："我们到外面走走吧，很久不出去了。"

　　公老鼠说："好，我想出去看看那些穷哥们。"

　　两只老鼠纵身一跳，以为轻易就能跳到缸外的，谁知却"噗噗"两声，双双撞在缸壁上，落回缸里。两只老鼠使尽全身的力气再跳一次，结果更惨，它们不但又一次重重地撞在缸壁上，鼻子还流了很多血。以前稍一用力就能跳出去的，今天怎么跳不出去呢？

　　两只老鼠仰头望望缸口，又互相对看一眼，发现大青缸比以前高得多了，而它们因为太肥胖，跳跃的高度已不及原来的三分之一。

　　母老鼠问："这可怎么办？"

　　公老鼠说："反正缸里有的是米，不出去了。"

　　母老鼠却不想一辈子待在缸里，它开始减少食量，每天只吃一餐，每餐只吃半饱，它还不睡觉，一天到晚跳个不停，"噗噗"作响地撞在缸壁上，弄得浑身是伤。

　　公老鼠问它为什么要折磨自己，母老鼠说："我在节食减肥，我还想跳出去。"

公老鼠照样大吃大睡，还嘲笑母老鼠有福不会享，自讨苦吃。

母老鼠一天天消瘦，它的弹跳力却一天天增强，跳得越来越高。终于有一天，它奋力一跃，奇迹搬地跳出了米缸！

这时候，缸里已经没有多少米了，公老鼠也迫不及待地想跳出来，可它早已臃肿得像一头小猪，别说跳，连走动都必须像皮球一样慢慢滚了。

结果公老鼠吃完缸里的米后，就活活饿死在大青缸里了。母老鼠虽然历尽艰辛，遍体鳞伤，却成功地回到自由世界，继续生存下去。

风　度

　　母亲病了住在医院里，我和父亲去看她。走到半路时，父亲上了一次厕所。从厕所出来后，父亲就跟住一位穿短裙的姑娘。这位姑娘刚才也是上厕所，当然，她上的是女厕，父亲上的是男厕。

　　再上路时，姑娘往东走。我和父亲应该往西走的，可是父亲像丢了魂似的，居然跟着姑娘往东去。

　　我赶紧喊："老爸，医院在这边。"

　　父亲说："我知道，你等一等，我还有点事。"

　　父亲只是跟着姑娘走，并不见他办什么事。倒是那姑娘听了我和父亲的对话，警惕起来，立刻加快了脚步。姑娘快，父亲也快，总是若即若离地跟着。

　　父亲怎么是这种人？我羞愧极了。想起在医院里的母亲，我又气愤又难过，就大声喊："老爸，快回来！"

　　父亲脚下不停，只回头说："喊什么？叫你等一下嘛。"

　　我问："你到底想干什么？"

　　父亲边走边说："没干什么，再遇到一个女人就行。"

　　这个老东西，真是色迷心窍了，追一个姑娘已经够丢人了，他还想再遇见一个女人！我生怕父亲做出什么荒唐事，就跑过去，准备把父亲硬拉回来。

　　我刚跑到父亲身边，就有一个中年妇女从旁边的小路出来了。父亲招手让中年妇女过来，说："大姐，请你帮帮忙。"

　　看父亲一本正经的样子，不像个色迷心窍的人。他到底要干什么？

　　中年妇女问："什么事？"

　　父亲指指前面那位姑娘说："我刚才上厕所，出来刚好走在那个女孩的身后，看见她裙子后面的拉链没拉上，怪难看的。你快点去叫她把拉链拉好。"

中年妇女问："你刚才怎么不告诉她？"

父亲说："我是男人，不好开口。"

中年妇女笑一笑说："你可真有风度。"说完，她就去追那位姑娘了。

父亲对中年妇女的背影喊："喂，不要说是我看见的，免得人家难堪。"

我忽然感到，父亲今天特别可爱。

躺在草地上

张大林有点心烦，就一个人到公园里走走。当他走过草地时，忽然想起小时候在家乡放牛，常常躺在草地上看蓝天白云，快快乐乐的，什么烦恼也没有。长大后考上大学，又在城里工作，算是有点出息了，可不知道为什么，烦恼却越来越多。张大林想，我干脆在草地上躺一躺吧，也许能找回少年时候的快乐感觉。

张大林挑一处向阳的草地，仰面八叉躺下去。鲜嫩的青草笼住了张大林的半个脸庞，浓浓的草香让他仿佛回到了童年。透过青草的叶梢，万里蓝天展现在眼前，好像无边无际的海洋，几朵白云像风帆一样在蓝天上轻轻飘荡。张大林顿感心胸开阔，烦恼也消了一半。

张大林正惬意，就听到一个女人说："呀，那边躺着一个人。"

一个男人说："那人怎么一动不动？会不会死了？"

这一男一女蹑手蹑脚过来探个究竟。张大林讨厌他们来打扰，就故意躺着不动。这对男女还没走近，就掉头跑了。

张大林依旧躺在草地上，看蓝天白云。过了一会，他听到有人喊："别乱动，保护好现场。"

张大林一骨碌站起来，发现草地上围了一帮人，还有四个警察，其中一个是他的老同学方军。众人见张大林站起来，竟吓得倒退几步。

方军小心翼翼地问："你……你没死？"

张大林没好气地说："废话，死了我还能站起来？"

方军说："刚才有人打电话到派出所，说公园的草地上躺着个死人。"

张大林说："神经病。"

方军问："大林，你躺在草地上干什么？"

张大林说："我躺在草地上看蓝天白云。"

众人哄然大笑，显然不相信张大林的话。方军也觉得大林太反常了，他护送张大林回家，事后又打电话给张大林的妻子小红，叫她好好照顾丈夫，不要让他一个人往外跑。

小红着急地问："我丈夫怎么了？"

方军说："你不要紧张，他只是有点反常，一个人躺在草地上一动不动。"

小红忧心忡忡地问丈夫躺在草地上干什么，可任她怎么问，张大林还是那句话："看蓝天白云。"

一个大男人，像死人一样躺在草地上，半天一动不动，只是为了看蓝天白云？小红死活不相信，她估计丈夫精神上出了毛病，就温和地说："我带你去医院检查一下吧。"

张大林生气地说："你才有毛病，要去你自己去。"

丈夫不去，小红就自己去医院把丈夫的情况告诉医生，问丈夫患的是什么病。医生说："看样子，是精神抑郁症。"

小红问："是不是精神病？"

医生说："可以说是轻度精神病。"

小红从医院带回一些药，叫丈夫吃。张大林看药瓶上的说明，是治精神病的，就把药连瓶砸得粉碎，怒气冲冲地出门，一夜不回来。小红急得像热锅上的蚂蚁，请邻居和朋友四处去寻找丈夫，事情越闹越大，大家很快就知道张大林有精神病了。

天亮后，张大林不找自回。小红问："你昨晚去哪里了？"

张大林的气还没消尽，故意说："我去精神病院了。"

从此以后，大家都认定张大林有精神病，处处让着他。不久，单位里搞机构改革，要裁员三分之一，领导决定让张大林病退。

张大林烦透了，又来到公园，躺在草地上看天空，有人在远处指点说："躺在草地上那个人叫张大林，有精神病，千万别惹他。"

减肥水车

　　李小明高中毕业后，没有考上大学，回家跟父亲在山坡上种了十来亩玉米。偏偏这年天大旱，整整一个月只出毒太阳，滴雨未下，玉米苗眼看着要枯死了。山脚下有个大水潭，那水近在眼前，却上不了山。李小明和父亲只好天天挑水救玉米，累得骨头都快散架了。

　　这座小山紧挨着城市，城里人吃饱饭没事干，就早晚到山坡来跑上跑下。李小明问城里人这样跑上跑下干什么，城里人说："减肥。"

　　李小明这才注意到，在山坡上跑上跑下的人，确实个个肥嘟嘟的。他忍不住感叹说："这么多城里人天天跑上跑下，浪费多少劳力啊！要是他们帮我们浇地就好了。"

　　父亲撇撇嘴说："白日做梦，想得美。人家怎么会帮我们挑水？"

　　李小明想了想说："我有一个办法。"

　　李小明当天就借来一架龙骨水车。他把水车的摇柄改造成转轮，转轮上装上四块踏板，每块踏板上刻一个字，四个字连起来是"减肥水车"。改好后，李小明就把水车安装到山坡上，在转轮上面搭一个棚架，棚架前面贴一副对联，上联是"踏减肥水车你喜我乐"，下联是"塑美好身材腰细肚平"，横批是"坚持就是胜利"。

　　第二天一大早，城里的胖人照例结伴来山坡减肥。他们看见改装过的龙骨水车，好奇地指指点点，不知道这是什么东西。李小明说："这叫减肥水车，踏水车比跑山坡好多了，欢迎使用。"

　　城里人立刻叫起来："你想赚我们的钱啊！"

　　李小明说："一律免费使用，分文不收。"

　　城里人半信半疑地问："有这种好事？"

　　李小明说："这样好了，我们走开，任你们随便使用。"说完真的和父亲远远走开。

李小明和父亲一走，城里人就在水车上东摸西摸，又仔细端详棚架上的对联。看了对联他们兴趣大发，有个中年胖子首先踏上转轮。转轮立刻转动起来，一动就拨他的脚，不由他不踏，越踏转得越快。转轮拉动取水叶，哗哗作响，眨眼工夫，白花花的水就被车上山坡了。

中年胖子大叫："水上来了！"山坡上一时欢声雷动。

李小明和父亲躲在草丛里，看城里人车上来的清水，源源不断地流进干旱的玉米地。李小明兴奋地说："老爸，有这些壮劳力帮车水，你可以回家歇一歇了。"

父亲捅一下李小明说："好小子，亏你想得出这种办法！"

不久，城里人就知道李小明是借他们的力量车水浇地了，但踏水车确实比在山坡上跑上跑下有趣得多，所以他们明知被人利用也照踏不误。尤其是那些胖夫妻、胖恋人，双双踏车，你碰我，我碰你，既锻炼了身体，又其乐无穷。

踏水车很快成了城里人非常喜欢的锻炼项目。喜欢的人多，车上来的水就多，有一年，玉米差点被淹死。李小明和父亲干脆在山上挖一个蓄水池，把山坡上的旱地改成水田，种水稻。水稻年年丰收，稻米吃不完就用来喂猪鸡鸭鹅，喂大卖给城里人吃。城里人吃胖身体后，就来拼命踏车减肥，累得半死都不肯下来，一边车水一边喊："坚持就是胜利！"

李小明总结说："这叫城乡互动，良性循环。"

富婆摔杯

有个富婆烦极了，就到酒店里喝酒。喝着喝着，她忽然心血来潮，连杯带酒使劲往地上摔去，"啪"一声脆响，杯碎酒溅。酒店里的人一齐扭头看富婆。富婆要的就是这种效果，她觉得心中的烦恼少了一半，于是摔得更起劲。

服务员过来劝阻说："太太，请你不要摔酒杯。"

富婆说："酒杯值多少钱，我赔你就是了。"

服务员说："你赔了酒杯钱，我还会被老板骂的。"

富婆哈哈大笑说："他骂你一句，我给你一百元，行了吧？"说完，又把一个酒杯举过头顶，往地上狠摔。

服务员劝不住富婆，就去叫老板来。老板并不生气，他在椅子上坐下来，慢悠悠地吸烟，冷眼看富婆摔杯。

富婆摔完桌上的杯子就喊："拿杯子来！"

服务员问老板拿不拿杯子给富婆，老板说："顾客要杯子，怎么能不给她？"

富婆以为老板怕她，心里的烦恼又少了许多。

服务员把一盘又一盘杯子送给富婆，富婆摔到筋疲力尽，才住了手。她把老板招过去问："这些酒杯多少钱？我赔你。"

老板说："我要先数清楚，看你总共摔了多少个杯子。"

富婆不耐烦地说："不会超过一百个的，按一百个赔吧。"

老板郑重地说："我做事向来认真得很，绝不占别人一点便宜，别人也休想占我一点便宜。"

老板认认真真地清点地上的碎杯，告诉富婆："太太，你总共摔碎了95个酒杯。"

富婆满不在乎地扔下一叠钱说："一个杯子赔你十元，这是一千元，多

出的十元算给小姐的小费。"

老板正色说："太太，你错了，在我的酒店，故意摔碎一个杯子，必须要赔偿一千元。你摔碎95个杯子，就要赔九万五千元。"

富婆生气地说："你想吃人肉啊！这种低档酒杯，连十元也值不了，你怎么要我赔一千元？"

老板说："不错，这种低档酒杯是五元钱一个的，但你每摔一次酒杯，就损害本店的名誉一次。酒杯有价，名誉无价，损害一次名誉，要你赔995元，一点也不贵，不信你问问旁边的顾客。"

旁边的顾客早就对富婆一肚子意见了，他们纷纷喊："快赔钱，快赔钱！"

富婆威胁说："你知道我是什么人吗？"

老板很不屑地说："怎么不知道？你是一个没有教养的富人。"

富婆挑衅说："要是我不赔呢？"

老板说："那我只能请警察来把你带走，让你把脸面丢尽。"

顾客们哄然大笑。富婆知道今天来错了地方，更摔错了杯子。她有的是钱，不想再丢人现眼，就当场写了一张支票丢给酒店老板。

出门时，富婆警告说："这事还没完，你等着。"

老板却笑嘻嘻地说："太太，你应该到广州的白天鹅宾馆去摔杯，那里接待过外国元首，酒杯的档次高，包你摔得痛快，赔得心平气和，绝不会出门时还来一句警告。"

牛奶推销员

　　林红虽然生活艰难，可还是省吃俭用，挤出钱给儿子小宝订了一份鲜牛奶，指望他长好身体，用功读书。小宝在新鲜牛奶的滋润下，长得白白胖胖，脑子也很灵。可他用白胖的身体来打架，很灵的脑子老想些鬼点子捣乱，学习越来越糟，老师一见到林红就告状。

　　林红一气之下，就对送牛奶的老刘说："老刘，明天不用送牛奶来了。"

　　老刘问："为什么？"

　　林红说："不想订了。"

　　老刘说："小孩子正在长身体，还是喝新鲜牛奶好。"

　　林红说："喝了牛奶，长壮身体专门打架捣乱，有什么好？"

　　老刘无言以对，只好停了林红家的牛奶，唉声叹气地说："生意越来越难做了。"

　　林红知道老刘正和另外一个送牛奶的竞争，他斗不过人家，快要关门了。

　　其实林红比老刘更难。林红已经下了岗，下岗后想重新就业，可跑断腿也找不到工作。去做小本生意，做过几次，每一次都亏得血本无归。林红心烦得坐卧不宁，连儿子都没心思理了。

　　奇怪的是，林红不理小宝，小宝反而变好了。以前他在家里只玩不做作业，现在回到家先做作业后玩耍。老师说，他在学校也不捣乱了，学习越来越用功。林红问儿子："为什么我不理你，你反倒变好了？"

　　小宝说："你不理我，可送牛奶的刘伯伯理我。他还教我速算呢。刘伯伯说，要是我在速算比赛中得第一名，他就天天送牛奶给我喝。"

　　儿子的学校下星期搞速算比赛，林红早就知道了。让林红吃惊的是，老刘为多推销一份牛奶，用心竟如此良苦。

　　一个星期很快就过去了，小宝要参加速算比赛了。林红特意去看小宝比赛，没想到，小宝那么优秀，他真的获得速算比赛第一名。林红激动地走上

去，要拥抱自己的儿子。可是另一个人抢在了前头，先把她的儿子抱住了。这个人就是老刘。

老刘把小宝抱到林红的面前才放下，他一个劲地夸林红的儿子聪明灵敏。林红笑一笑问："你是要我订牛奶吧？"

老刘不好意思地搔搔头说："我知道你下了岗，不容易。要不，我免费提供一份牛奶给你儿子，算是我送给他的礼物。"

林红说："那怎么行？再难，订一份牛奶的钱，我还是有的。"

林红重新帮小宝订回一份鲜牛奶，这是老刘的胜利。老刘靠他的真诚和坚韧，不但赢得林红这个客户，还不断扩大市场份额，终于站稳了脚跟。不久，林红也用老刘的办法，找到了一份新工作。

其实，无论你是谁，也不管你在哪里，只要你能像老刘推销牛奶那样去做，就一定能打开一片新天地。

陌生人的教诲

雪莲和男朋友相处了五年，以为水到渠成，该结婚了，不料他另有新欢，突然提出分手。雪莲无法承受这么大的打击，就扑进黑夜中，沿着河堤漫无目的地行走。好几次，雪莲想投水自尽算了，但雪莲终究没有投水，走累以后，还得带着受伤的心回家去。

回家的路很长，又偏僻。那时已经是深夜，路上只有雪莲一个人。好不容易后面来了一辆车子，车开得很慢，越过雪莲以后，又掉头回来，停在她的身边。

一个中年男人打开车门说："喂，小姐，夜深了，你一个人走路危险。上车吧，我送你回家。"

雪莲想，也许你自己就是个坏人。但坏人雪莲也不怕，反正她也不想活了，于是就上了他的车。

男人问："你的家在哪里？"

雪莲说："随便。"

男人笑一笑说："我是出租车司机，对全城都熟透了，怎么没听过随便这个地名？"

雪莲无心多说话，就把她的真实地址告诉他。

车子加快了速度，不久就把雪莲送到了门口。男人替雪莲打开车门。雪莲无声地下了车，默默地向家门走去。

男人突然叫住她："小姐，你把一样东西丢在我的车上了。"

她摸摸身上，什么东西都不少，就说："我没有丢东西。"

男人说："真的，你丢了一样很贵重的东西，快回来拿吧。"

男人说得这么肯定，也许自己真的丢了东西。雪莲拿不准了，就回到车上看看。可是她刚才坐过的地方空空如也，什么东西也没有。

雪莲生气地问："你怎么骗我？"

男人说："你应该对我说声谢谢，这是一个人最起码的礼貌。你把礼貌丢在我的车上了。"

雪莲冷笑说："你知道我半夜三更出来干什么吗？我是想去投水自尽的。我连命都不打算要了，哪里还有心情讲礼貌？"

男人并不恼，他很认真地说："我的心情比你更坏，十几年来，我和妻子一直在吵吵闹闹中过活。离婚她不干，她只是一次又一次地离家出走。你看，今晚她又离家出走了，我怕她去自杀，怕她遇到坏人，满城去找她。我已经累到极点了，可看见你一个人在深夜里独行，还是忍不住送你回家，有些东西，是不可以丢失的。"

雪莲没有勇气直视这位中年男子的眼睛，低下头说："我没想到你也这么难，谢谢你。"

当雪莲抬起头来的时候，中年男人已经开着车，再去寻找他的妻子了。很可惜，雪莲没有问清他的姓名，但她已经有了活下去的信心和勇气。

无法代理的官司

　　王鹏是一家公司的总经理，有人把他告上了法庭。把王鹏告上法庭的人叫张国明。张国明诉称，他因为救王鹏导致身体和精神受到巨大伤害，25年来饱受折磨，现在他要王鹏赔偿他的损失。

　　25年前，王鹏读小学。那时候上学要过渡，有一年冬天许多同学掉到水里去，王鹏也掉了下去，是一个小伙子把他们救起来的。

　　王鹏特意问母亲，25年前把他从河里救起来的那个人是不是叫张国明。母亲说："好像是吧？记不清了。"

　　王鹏说："现在他把我告上法庭了，要我赔偿他当年救人的损失。"

　　母亲说："救人有什么损失？他肯定是看你发达了，想要点钱。你就给他一些钱吧，毕竟他救过你一命。"

　　王鹏说："好，我尽量满足他的要求。"

　　王鹏委托律师去代理这场官司。两天后，律师回来说："王总，还是您自己去吧，这场官司是无法代理的。"

　　王鹏说："几千万元的官司你都帮我代理过了，还怕这点小事？"

　　律师说："这不是一件小事。王总，您真的应该亲自去一趟。"

　　第二天，王鹏亲自到法庭去。到了法庭他才知道，和他一起被告上法庭的还有另外八个人，都是当年得救的同学。这些人有的当了官，有的坐过牢，有的发了财，有的至今穷困潦倒，但今天都是被告。

　　张国明坐在轮椅上，算起来他不到五十岁，可头发都灰白了，干瘦的脸上包着一张皱皮，十分憔悴。他扫视一眼被告们问："这些年你们过得好吗？"

　　王鹏说："我们过得很好，张大哥，你也好吧？"

　　张国明说："我过得很不好。记得那年冬天，河面上结了薄冰，我跳下水救你们。救了你们后，我就被冻坏了，落下个半身不遂，天天坐在轮椅上。

我以为你们会来看我的，可我等了 25 年，你们没有一个人来看过我。我现在不但下半身不能动弹，上半身也得了癌症，没有多少日子可活了。我想，在死之前，应该再见你们一面。请原谅，我用这种方法，在这种地方和你们见面。"

王鹏问："张大哥，你要多少钱？直说好了。"

大家都紧张地望着这位救命恩人，生怕他狮子大开口，给也难，不给也难。可是，张国明摇头说："我不要钱。"

众人松了一口气，纷纷问："那你要什么？"

张国明说："我要你们说一声谢谢。"

苦苦等待 25 年，只要一声"谢谢"？九个被告不相信有这种事，他们以为张国明脑子出了问题，就一齐抬头望法官。

法官严肃地说："你们的救命恩人在教你们做人。快向他道谢吧。"

被告们回过神来，一个个过去握住张国明的手说："张大哥，谢谢您！"

这声迟到了 25 年的"谢谢"，使张国明感慨万千，两行热泪，流下他瘦小的脸颊。

王鹏掏出纸巾，给救命恩人擦眼泪，擦着擦着，他自己的眼泪也流了下来。

长发飘飘的母亲

我的母亲有一头乌黑浓密的头发，编成又粗又长的辫子，甩在脑后，一直垂到衫尾下面，村里人都叫她长辫大嫂。

我小时候爱看母亲梳头，乌黑的头发垂下来像瀑布，飘起来像浓云，好看极了。那时候常有货郎挑着货担，摇着铃鼓，走村串巷叫卖。没有现钱的孩子，可以用鸡毛、鸭毛、头发等杂七杂八的东西去换货郎的石头糖、姜糖、薄荷糖，吃得津津有味。

我一边看母亲梳头，一边问："妈，剪一点头发给我换糖吃吧？"

母亲说："不行，头发是我的命根子。"

不久，母亲舍不得剪的头发不剪自掉了，每次梳头都掉下不少。我把母亲掉落的头发收集起来，如获至宝，缠成拇指大的一小结，藏在墙洞里，等到货郎下村时，就飞也似的拿去换糖吃。

从此，我天天盼望母亲梳头。母亲一梳头，我就守在旁边，一边收集脱落的头发，一边央求母亲："妈，你看这么少，还换不到两颗姜糖，再梳点出来。"

母亲梳出的头发越来越多，最多的时候，竟有拳头大的一团，换回六颗姜糖，我和妹妹每人三颗。我和妹妹把姜糖含在嘴里，围着母亲，高兴得蹦蹦跳跳。

母亲问我们姜糖好吃吗，我和妹妹说："好吃。"

大姐却骂道："你们是吃妈的血，妈的头发都快掉光了。"

我往母亲的头上望去，果然看见一块发亮的头皮，原来粗大的辫子也小如猪尾巴了。

母亲的头发怎么会脱落成这样的呢？我感到吃惊，更感到羞愧。想起自己无数次催促母亲梳头的情景，我心里特别难受。从此以后，我再也不忍心拿母亲的头发去换糖吃了。

医生说，母亲头发脱落的原因很多，可能跟过度劳累也有关系。母亲依旧劳作不止，几年后，她的头发就全部脱光了。

村里人自然不再叫母亲长辫大嫂，他们暗中把母亲叫做"假尼姑"。听到这种称呼，我和妹妹都哭了，母亲却坦然说："不能怪人家，谁叫我没有头发呢?"

我和妹妹发誓要挣很多很多钱，请天下最好的医生给母亲治病，让她长出新的头发来。

等我和妹妹有一点钱的时候，时光已经流失了20年。我们遍访名医，却没有一个医生能让母亲光光的头上，再长出美丽的头发来。万般无奈，我们只好买了一套假发，在母亲60大寿的时候，戴到母亲的头上去。

母亲头上的假发垂下来像瀑布，飘起来像浓云，跟我小时候看到的真头发一模一样，只是村里早已没有货郎的身影，也听不到叮叮咚咚的铃鼓声了。用母亲的头发换糖吃的情景，却永远留在我的记忆中。

我和妹妹小心翼翼地替母亲梳头，编了两条又粗又长的辫子。编着编着，我们的泪水就落到了母亲的假发上。

假乘客

丽梅下岗后先去做生意，把一点老本亏得干净，只好改去打工，可找了几个月，什么工也没找到。她连儿子的学费也交不起了。

在走投无路的时候，好朋友雪琴伸出援助的手。雪琴买有一辆汽车跑客运，她对丽梅说："你来帮我吧。"

丽梅问："我能帮你干什么？"

雪琴说："现在乘客挑剔得很，一上车就想走，所以空车根本没人上。你帮我在车上坐，乘客看见车上有人，以为车子很快会开，就上车了。"

丽梅问："这不是骗乘客吗？"

雪琴说："又不是诈人钱财，你紧张什么呀？"

丽梅就这样找到了一份骗乘客上车的工作，和她"共事"的有几个人。他们成了专业坐车人，不但替雪琴坐车，还替别的车主坐车。有空车停下来等客时，他们就早早到车上去坐，误导真正的乘客上车。真的乘客上得多了，这些假乘客就下来。有时假乘客下车时，真乘客会着急地劝阻："不要下去，车子很快就开了。"

听到真乘客诚恳的劝阻，丽梅开始还脸热心跳，后来听多了，也就习惯了。

当一次假乘客，车主给两元钱，每天一般当20次，就有40元收入。丽梅做梦都想不到，世界上竟有这种工作。

有一天，丽梅又和她的"同事"给雪琴当假乘客。他们刚在车上坐下，就上来一位老太太，老太太怀里还抱着一个孩子。老太太说她孙子病了，要到医院去看病。丽梅随手摸摸孩子的额头，发现孩子烧得厉害，就脱口问："你怎么上这辆车？"

老太太说："我看这辆车已经有半车人，快开了。你看，那边又来了几位。"

果然又有几个人上车，这样车子就满了。老太太高兴地叫司机快点开车，可是车子不但没有开动，假乘客还要下车。丽梅自然也要下车了。

老太太抓住丽梅的衣袖问："大姐，你们为什么要下车？是不是故意整我？"

丽梅心一软，就告诉老太太："我们是假乘客，做样子引你们上车的，这辆车最少还要半小时才会开，你还是快点请车去医院吧，别误了孩子看病。"

老太太难过地说："我没有那么多钱。"

丽梅想一想，就掏出 50 元钱，放在老太太的手心里。

听丽梅说他们是假乘客，车上就炸开了锅，真乘客吵吵嚷嚷抢着下车，拦都拦不住。雪琴气得柳眉倒竖，立刻炒掉丽梅。别的车主更避丽梅如避瘟疫。丽梅又无事可干了。

傍晚，丽梅独自在车站外面行走，看着来来往往的人群，她难过地想：为什么找回良心就要失去工作呢？